Stella Stern

Muss ich schon wieder in den Urlaub?

Die besten Reisen, das steht fest, sind die oft, die man unterlässt.

Eugen Roth

Inhalt

Die Vorgeschichte

Die anderen tun es doch auch … So oder so ähnlich heißt es bei Loriot.

In einem Sketch versucht der Chef, gespielt von Vicco von Bülow, seine Sekretärin Renate ziemlich umständlich und ohne Erfolg zu küssen. Nach dem nicht erfolgten Kuss, der in einem Gerangel, zuerst auf einem Sessel, dann auf dem Teppich unter dem Sessel endet, erhebt sich Bülow etwas sperrig vom Boden, schiebt seine Brille zurück auf die Nase, richtet das Haupthaar und trifft anschließend nachdenklich verwundert, nachdem er sein Jackett glatt gestrichen hat, die oben genannte Aussage: „Die anderen tun es doch auch … Renate!" Das mag in meinem Fall, es handelt sich bei mir um eine Urlaubsreise (das Küssen fällt mir nicht so schwer), oder eigentlich um Urlaubsreisen im Allgemeinen, etwas verwirrend klingen, und doch bin ich auf der Suche nach den viel beschriebenen Entzückungen, besonderen Erlebnissen und Glücksmomenten, wie sie der Rest der Welt im Urlaub zu erleben scheint und die mir einfach verborgen bleiben. Ich bin Johanne, genannt Jojo, ich erlebe Urlaube als stinklangweiliges künstliches Zeittotschlagen.

Gähnende Langeweile ersetzt sich dann am Urlaubsort eigentlich direkt, spätestens aber nach zwei Tagen und drei Nächten, durch latente nervöse Unruhe. Kaum bin ich am Reiseziel angekommen und habe mich einmal umgeschaut, so bilde ich mir ein, doch alles gesehen zu haben, und will dann auch direkt wieder nach Hause. Leichte bis mittelschwere Sinnkrisen lösen sich mit diffuser Nervosität ab. Alles dreht sich in meinem Kopf … Wer hat diesen seltsamen und eigentlich doch völlig überflüssigen Zeitvertreib erfunden? Wo die Zeit sich doch eigentlich ganz von selbst vertreibt und bei mir oft sehr knapp ist. Und warum braucht der Mensch einen Zeitvertreib? Sind Männer bei dieser Art des Lebens und Erlebens im Vorteil? Seit wann gibt es den Urlaub eigentlich? Hatten die Neandertaler oder der Homo erectus auch schon eine Art von Zeitvertreib?

Oder seit wann gibt es den Begriff Urlaub? Was ist es, was den Urlaub für mich so unattraktiv anstrengend, gar stressig macht? Ist Urlaub Selbstzweck? Oder ist er auch zu etwas gut? Hat die Urlaubsabneigung mit meiner provinziellen, kleinbürgerlichen Erziehung zu tun? Oder besteht etwa die Möglichkeit, dass ich einfach nicht der Urlaubstyp bin, weil mein Leben ganz wunderbar ist und eigentlich so schön ist wie Urlaub? Auf der Suche nach einer oder vielleicht auch mehreren Antworten rolle ich die Geschichte jetzt mal vom Anfang auf. Ich will wissen, was dahintersteckt, wenn die anderen sich ein ganzes Jahr auf ihre Reise freuen, ihre weiße Haut, völlig albern, mal von hinten, mal von vorn, an überfüllten Stränden in der Sonne braten und die wertvolle Zeit einfach so zerrinnen lassen oder, besser gesagt, totschlagen oder totliegen. Ich hingegen freue mich nach Ankunft am Urlaubsort sofort wieder auf die Heimreise und beginne, wie ein kleines Kind, an den Fingern die verbleibenden Tage und Nächte nachzuzählen und fiebere der Abreise entgegen.

Fakt ist, die anderen tun es doch auch und sind scheinbar ziemlich begeistert davon, mindestens einmal, besser zwei- oder gar dreimal im Jahr in den Urlaub zu fahren, und berichten stets euphorisch von spannenden Eindrücken und intensiven Erlebnissen und von Sehnsuchtsorten, an denen man unbedingt gewesen sein muss. Da möchte ich auch „mit von der Partie sein", mich nicht als Außenseiter, gar Spielverderber fühlen und werde so, in einer leichten Bierlaune von guten Freunden – ich nenne sie Ingeborg, sie nennt sich Bo, er nennt sie Brummhase, und ihrem Mann Frederik, er nennt sich Fred, sie nennt ihn Schneemüller – überredet, nachdem sie zum x-ten Mal über ihre unglaublich hinreißenden, sensationellen Urlaubserfahrungen berichteten, im nächsten Sommer nach Saint-Tropez zu reisen, um sie dort in ihren Ferien zu besuchen und entsprechend mit ihnen unseren Urlaub zu verbringen. Bei meinem Mann, er heißt

Tillmann, genannt Till, biegen sich die anfänglich noch leicht hängenden Mundwinkel bis zu den großen Ohren hinauf und strahlend weiße Zähne blitzen zwischen seinen vollen Lippen hervor. Tillmann ist begeistert. Seine Urlaubsvorfreude könnte er, auch wenn er wollte, nicht verbergen – warum sollte er auch? Till gehört zu den Menschen, die leidenschaftlich gern in den Urlaub fahren. Die beiden anderen, Bo und Frederik, sind ebenfalls, wenn auch im ersten Moment noch etwas zurückhaltend, da vermutlich überrascht, erfreut und dann, nach ein paar Minuten der Besinnung, direkt begeistert. Brummhase und Schneemüller reisen abwechselnd im Frühjahr zehn Tage nach Marrakesch, im Sommer drei Wochen nach Saint-Tropez. Das tun sie seit ungefähr 30 Jahren regelmäßig. Bei jedem unserer Treffen, alle acht bis zehn Wochen, mehr hält man von der überbordenden Dynamik der beiden nicht aus, erfahren wir, in den meisten, Fällen von unserer Seite eher ungewollt, von diesen Urlauben. Dank ausführlicher und überschwänglicher Reiseberichterstattungen sind wir immer bestens im Bilde: an welchem Strand oder welchem angesagten Etablissement man welche Stars und Promis trifft; was man wie und in welchem Restaurant zu essen hat; zu welcher Musik wo, wie und auf welchen Tischen getanzt wird; wer wen ab wann mit Champagner bespritzt und welcher Häkelbikini an welchem Platz zu welcher Zeit zu tragen ist. Wann man einen Kaftan benötigt, dieser dann an- und wann lieber wieder auszuziehen ist. Dass die anderen Urlauber oft leider nicht mehr wissen, wie sich in diesen wichtigen Refugien zu benehmen sei, und vieles früher doch echt besser, einfach hochwertiger gewesen sei, manches inzwischen leider zu einem reinen Touristen-Gemache verkommen ist (selbst ist man dabei natürlich niemals der Touri, sondern immer sind es die anderen), man die Strände wie Lokalitäten aber unbedingt gesehen haben müsse, denn das wirklich wichtige Leben finde noch immer dort statt … Das klingt jetzt vermutlich ein wenig reduziert, und das ist es sicher auch, aber es sind die Geschichten,

die in meinen Ohren durch die häufig unerwünschte Dauerbeschallung, in der Regel von Ingeborg ausgeführt, ankommen.
Bo setzt sich bei jedem unserer Treffen direkt an meine Seite und textet mich zu. Ich bin halt ein wehrloses Beschallungsopfer, nie würde ich mich trauen, sie auszubremsen. Meine gute Erziehung steht mir dabei im Weg. Und bei allen Reiseberichterstattungen, die sich in den meisten Fällen ziemlich unsinnig, überflüssig und abgehoben, manchmal auch ungeheuer trivial anhören, ist es gleichermaßen unglaublich wie auch faszinierend für mich. Denn durch Bos Erzählungen entsteht ein kunterbunter Abenteuerfilm von Reichen, Schönen und Wichtigen (untermalt von dem einen oder anderen Artikel in den einschlägigen Zeitschriften) in meinem Kopf. Und so möchte ich das Schicki-Getue auch mal ausprobieren, live erleben, schließlich mit dazugehören, dabei sein, mitreden können, die blöden anderen einfach mal als Touri belächeln. Nun wehre ich mich nicht mehr länger gegen eine solche Reise. Irgendwohin müsste ich ja, wegen Tillmanns Lust am Unterwegssein, sowieso fahren, also was spricht dann gegen Saint-Tropez? Das erreicht man immerhin mit dem Auto und muss sich nicht auch noch in ein enges Flugzeug quetschen und dicht an dicht, meist mit unvermeidbarem Körperkontakt neben völlig fremden Menschen sitzen …
Für mich, mit der Mentalität eines Fluchttiers, mit dem Bedarf an ausreichend Bewegungsraum, ist eine Flugreise fast so etwas wie eine Strafe, mindestens aber ein mittelschwerer Albtraum. Vor geschätzten 30 Jahren, das muss ich jetzt berichten, war ich bereits dort in Saint-Tropez gewesen. Man könnte fast sagen versehentlich, da ich in völliger Ahnungslosigkeit, ganz keck und unter vorgetäuschter Reiseerfahrung, diesen Ort als mein favorisiertes Ziel angab … Damals dort erstmalig angekommen, fand ich es

mittelmäßig schlimm bis ziemlich schrecklich und hätte mich am liebsten sofort und stante pede zurück in die vertraute Heimat, nämlich Niedersachsens südwestlichen Vorharz, gebeamt. Was viele Menschen gar nicht zu wissen scheinen, ich damals auch nicht: Die Südfranzosen neigen dazu, sich gerade in den Sommermonaten mit sehr wenig Textil zu umhüllen. Für ein Kind aus dem Harzer Raum eine echte Herausforderung. Und bei meinem ersten Aufenthalt empfand ich sie mit ihren Häkelbikinis als unanständig nackt. Ihr Selbstverständnis und die Leichtigkeit des Seins bereitete mir mit meiner spießigen Erziehung einiges Unbehagen. Und doch war diese Form des leichten, offenen Lebens, was auf Plätzen im Freien, in Bistros und am Hafen stattfand, auch irgendwie interessant und aufregend, stellte es doch den kompletten Gegenentwurf zu meiner jungen, unbefleckten Welterfahrung dar. Also will ich es nach Jahren der durch Jugendlichkeit und Unerfahrenheit geprägten Eindrücke noch einmal möglichst unvoreingenommen ausprobieren, in diese Leichtigkeit und Selbstverständlichkeit des Lebens einzutauchen und mich dann anschließend hoffentlich in einem beglückend inspirierenden Urlaubsflow wiederfinden. Im besten Fall diesen Flow sogar genießen. Das würde im Zusammenleben mit meinem Mann vieles vereinfachen. Da muss ich doch vielleicht auch mal über meinen eigenen Schatten springen, sonst werde ich möglicherweise schrullig und einsam. Die beiden Beinahfreunde, Bo und Fred, so kapriziös und oberflächlich sie auch sein mögen, überraschen mich stets von Neuem, denn die 60-Jahre-Marke haben sie bereits seit einiger Zeit überschritten und sind in ihrer Art so was von jung geblieben, das ist wirklich toll. Hat es mit ihrer angeblich ungewollten Kinderlosigkeit zu tun, sind sie dadurch einfach selbst mehr Kind und unkompliziert, gar unkritisch geblieben? Oder liegt es an der lebensbejahenden Art, die keine Party auslässt und teilweise durchaus etwas schlicht-naiv daherkommt?

Sorgenfalten haben bei den beiden auf keinen Fall eine Chance. Der Spaß, den sie zu haben scheinen, und das seit vielen Jahren, macht mich zusätzlich neugierig auf ihre Reiseziele; so erkläre ich mich, in bereits erwähnter Laune, die von einem niedrigprozentigen alkoholischen Getränk etwas Unterstützung erhielt, zu einem Urlaubsbesuch in Saint-Tropez bereit. Der Reisetermin lag zu dem Zeitpunkt noch deutlich über 200 Tage in der Zukunft, da fiel mir die leichtfertige Zusage für den Besuch noch weniger schwer. Ein solches Versprechen geht bei fröhlicher Laune in geselliger Runde quasi wie von selbst über die Lippen.

So fing es an
Nun aber noch einmal zurück zum wirklichen Anfang …
Mein Mann, also Till, und ich, Jojo, waren als Studenten in den frühen 1990er Jahren, damals beide Anfang bis knapp Mitte 20, bereits einmal in Saint-Tropez gewesen. Mit dem von Tillmanns Onkel Jens, genannt Jensing, geliehenen und in den 1990er Jahren immer noch angesagten freakigen Althippie-VW-Bus Bulli in Babyblau mit cremefarbenem Dach sollte die Reise beginnen.
Mit von der Partie Pascha und Bobby, ein Königspudel und ein Bobtail, zwei recht große Hundemädchen mit spaßigen Jungennamen. Die beiden in die Jahre gekommenen zotteligen Vierbeiner hatte uns Jensing im Gegenzug zum Bulli-Verleih aufs Auge gedrückt. Wir sollten die beiden betreuen, während er auf einer 14-tägigen Dienstreise in den USA unterwegs war und dadurch ja auch seinen Bus nicht benötigte.
Dass sich dadurch unsere und seine Reisetermine kreuzten und wir nun die beiden Hunde als Mitreisende verstauen mussten, übersah Jensing ganz einfach wie vermutlich auch bewusst. Ein verplanter Altfreak eben, wie ich damals dachte. Wir packten also, teils jugendlich naiv, teils voller Tatendrang, Pascha und Bobby in den Bus und nahmen sie ganz selbstverständlich mit auf die mehr als 1000 Kilometer lange

Reise, voller aufgeregter Neugier. Während Tillmann den Bulli mit dem riesigen beigefarbenen Lenkrad zuerst einmal über die A 7 in Richtung Süden lenkte, saß Pascha, die Ältere der beiden Hundedamen, auf der Rückbank des Bullis; Bobby, die zwei Jahre jüngere Hündin, lag vor Paschas Füßen auf dem Boden vor dem Rücksitz, ihren Kopf diagonal über die Vorderpfoten drapiert, den Blick ganz klar abgewandt. Die Rangordnung hatte Pascha sofort geklärt. Sie als Ältere der beiden Hundemädchen war die Ranghöhere und durfte demzufolge oben liegen. Zwar schien das Bobby nicht so richtig zu gefallen, das war an der abgewandten Kopfhaltung abzulesen, aber im Hunderudel gibt es keine Diskussion; das machte die Sache, was die Vierbeiner anging, schon mal sehr viel einfacher. Ich saß aufgeregt und angespannt auf dem ziemlich runtergekommenen Beifahrersitz. Nicht nur, weil sich eine Metallfeder aus dem überalterten Polster schieben wollte, die immer mal wieder eine Stelle meiner rechten Gesäßhälfte pikste, hüpfte ich hin und her, nein, ich war einfach unbändig nervös. So baumelte das stramm aufgepustete Nackenhörnchen von Annelore, Tillmanns großer Schwester, beim unruhigen Sitzen auf dem Beifahrersitz untätig um meinen Hals. Eigentlich hatte ich es angelegt, damit ich unterwegs, während der Fahrt, nebenbei ein wenig schlafen konnte. Man hätte so, mit Unterstützung dieses Hörnchens, ein kleines Nickerchen auf seinem Sitz machen können, um anschließend, nach dem Beifahrerschlaf, wiederum den Fahrer, in diesem Fall Till, für ein paar Kilometer am Steuer abzulösen, damit der sich dann gleichermaßen etwas ausruhen konnte. Es sollte und musste schließlich nonstop zum Ziel gehen. Leider war für mich trotz der entzückenden Nackenunterstützung mit Blumenmuster, an Schlaf überhaupt nicht zu denken. Wie sehr ich mich auch anstrengte, die Augenlider blieben nicht geschlossen. Viel zu aufregend, wie diese fremde Landschaft hier an mir vorbeizog. Für mich war das alles komplett neu, und das sorgte für entsprechende Unruhe in mir.

Als Kind aus der gediegenen Provinz des bereits erwähnten Harzrandes, wo man artig in geputzten Eigenheimen mit entsprechenden Vorgärten lebt, die häufig von dunkelbraun imprägnierten Jägerzäunen oder anderen hölzernen Begrenzungen eingerahmt werden, wo hier und da auch mal ein Gartenzwerg zum Einsatz kommt und wo freitagnachmittags, spätestens Samstagfrüh die Straße gekehrt wird, hießen die Urlaubsorte, die ja eigentlich auch nur Tagesausflugsorte waren, bislang Cuxhaven oder Bad Oeynhausen. Palmen oder Pinien kannte ich lediglich als Kübelpflanzen aus dem Wandelgang des Kurparks von Bad Pyrmont.

Alles, was südlich von Kassel lag, war für mich neu. Und nun hieß das Ziel gleich Südfrankreich … Tillmann hatte das Reiseziel damals bestimmt, nachdem ich diesen Namen eher unwissentlich daher geplaudert hatte. Er war, im Gegensatz zu mir, sehr reiseerfahren. Er kannte das Reisen von seinen Eltern und war als Stadtkind sowieso viel moderner und aus heutiger Sicht multikultureller aufgewachsen als ich. Außerdem war er durchaus auch in Schul- oder jetzt Semesterferien schon einige Male im Ausland unterwegs gewesen. Ich, als seine damalige neue Liebe, wollte mir nicht gleich anmerken lassen, wie es bei mir mit den kleinteiligen und in Wahrheit nicht vorhandenen Reiseerfahrungen aussah. Und so hatte ich damals den Begriff Saint-Tropez in den Raum geplappert, weil er toll klang, ich ihn in irgendeiner Zeitung gelesen hatte und nie erwartet hätte, dass Tillmann daraus wirklich ein Reiseziel macht. Till hingegen hatte das als Aufforderung zur Reiseplanung verstanden und wollte mich ebenfalls beeindrucken.

Daher und natürlich der großen Liebe wegen willigte ich ohne Umschweife in eine Urlaubsreise mit dem Bulli ein. Zwar hatte ich überhaupt keine Ahnung, was auf mich zukommt, aber ohne Gesichtsverlust kam ich aus der Nummer nicht mehr raus. Also musste ich da irgendwie durch. Weder die Dauer der Fahrt konnte ich erahnen, noch hatte ich eine Idee vom

Klima, geschweige denn von eventuellen anderen Gewohnheiten der Menschen, die aus meiner Perspektive in ferneren Regionen wohnen. Generell war das Reisen vor 30 Jahren längst nicht so etabliert wie in der heutigen Zeit, in der jeder zehnjährige Schüler sowohl eine Fremdsprache spricht als auch Erfahrung mit Auslandsaufenthalten bzw. Schüleraustauschen hat. Das war in meiner Jugend und explizit in den stadtfernen Regionen nicht unbedingt Usus. Internet und Mobiltelefone, die heute mit für Globalisierung und internationale Informationen sorgen, gab es, man mag es kaum glauben, noch nicht. Rückblickend fast unvorstellbar.

Für die Unterkunft an der Côte d'Azur hatte Tillmanns große Schwester Annelore, genannt Anne, gesorgt. Sie jobbte damals in einem Reisebüro. Anne hatte sich ungeheuer bemüht, etwas auch finanziell Passendes zu finden, und uns ganz freudig ein Appartement in der Nähe des Hafens von Saint-Tropez angekündigt. Stolz übergab sie uns den Schlüssel sowie die Reiseunterlagen von dem Appartement, denn als Appartement war es in ihren Unterlagen ausgeschrieben. Annelore war vor unserer Reise fast so aufgeregt wie ich und wollte uns mit all ihrer Macht behilflich sein, sodass dieser erste gemeinsame Urlaub von Till und mir zum Erfolg wird. Zwei kräftige Umarmungen von der zierlichen Annelore schickten uns auf den Weg in die Ferne. Jede Stunde, die diese Fahrt dauerte, wuchs mein Heimweh. Ich sehnte mich nach meiner vertrauten biederen und einfachen Heimat. Je mehr wir uns in Richtung Süden bewegten, desto mehr verlor ich das Gefühl von geborgener Gewohnheit. Alles schien hier verunsichernd anders. Dieser ganz neue, abenteuerliche Weg endete nach 18 Stunden Fahrzeit insgesamt, mit teils holpriger, immer jedoch kurviger Fahrt, auf der schwindelerregenden, spektakulären Route Napoleon, einer größtenteils französischen Nationalstraße (N 85). Hier war wohl einst der gleichnamige französische Feldherr im Jahr 1815 mit seinen Truppen langmarschiert.

Nach zwei kurzen Pipi- und einer Tankpause kamen wir also
völlig übermüdet tief in der Nacht in Saint-Tropez an. Da es
zur damaligen Zeit – man kann es sich heute kaum noch
vorstellen, denn unsere erste Reise machten wir ja nicht etwa
vor Urzeiten, sondern vor nur etwa 30 Jahren – kein Navi gab,
mussten wir uns ganz und gar zuerst auf eine europäische
Landkarte und danach auf einen südfranzösischen Stadtplan
verlassen, den wir an einer Tankstelle kurz vor unserem Ziel,
in Nizza, erworben hatten.
Als durchaus kompetent wirkende Beifahrerin drehte ich den
tischtuchgroßen Faltplan mehrfach von links nach rechts und
einmal im Kreis herum, um die Fahrtrichtung herauszufinden
und um uns somit quasi zu orten. Ich drehte den neu
erstandenen Faltplan aber nicht allein der Ortung wegen,
sondern auch, um herauszufinden, ob der Ort, in dem wir uns
nun befanden, wirklich Saint-Tropez war. Dieses staubige
kleine, zu warme Etwas? Aber so oft ich den Plan auch auf-
und zufaltete, im Kreis mal nach rechts und dann wieder nach
links drehte … es war und blieb Saint-Tropez. Also, das war
geklärt, und jetzt fanden wir auch endlich das Haus, in dem wir
für die nächsten fünf Tage und fünf Nächte unterkommen
sollten. Oh Schreck … ich rieb mir jetzt nicht nur wegen
meiner Übermüdung beide Augen. Aber sosehr ich auch rieb,
das, was ich sah, wurde nicht besser … Das sollte Saint-
Tropez sein? Ich traute meinen beiden sonst sehr
zuverlässigen Wahrnehmungsorganen nicht … Saint-Tropez,
das Saint-Tropez, in unzähligen Zeitungsberichten
beschrieben, da, wo sich die Wichtigen und Reichen dieser
Welt treffen … da, wo alles teuer und schick ist … da, wo sich
die Schönen mit Champagner bespritzen? Nein, oh wie
furchtbar sieht es denn hier aus?
Abbröckelnder, feuchter Putz (mindestens im unteren Bereich
der Häuser) an graugrün-braunen Hausfassaden, enge
Straßen mit einem Aroma von Fisch, Abgasen und Abfall. Ein
total staubiger Marktplatz. Ich konnte es nicht glauben. Der
Geräteschuppen, sogar der Hühnerstall meines Großvaters

sah geputzter und besser aus als die meisten der Häuser sowie einige dieser klapprigen Marktstände und Bars hier. Wo bitte finde ich hier die in den Gazetten beschriebenen Schönheiten? Vielen Dank, das war's hier für mich, ich will sofort wieder nach Hause. Was soll ich hier? Grauenhaft, es gefällt mir nicht, das sehe ich auch im Dunkeln und weit nach Mitternacht sofort. Oder lag es doch an meiner Übernächtigung? Trübte die krasse Müdigkeit meinen Blick für den in der Regenbogenpresse beschriebenen Glamour dieser Region? Oh Hilfe, was nun? Mir wurde schlecht, es drehte sich in meinem Kopf. Um das Kopfkarussell zu bremsen, begann ich sofort nachzurechnen, wie lange ich, wenn ich doch nicht augenblicklich fliehen könnte, an diesem sogar in der Nacht noch von schwülwarmer Hitze überzogenen, verfallenen Ort ausharren sollte … Würde ich das ohne geistigen Zusammenbruch schaffen? Tillmann ahnte nichts von meinem Drehschwindel, dem starken Unbehagen.

Er streckte beim Aussteigen aus dem Bus seine Arme einmal in die Luft, schüttelte die langen Beine und nahm dann guter Dinge eines von unseren großen sowie zwei kleine, fest verschnürte Gepäckstücke in die Hand und los ging's. Ich trug den Schlüssel und hatte die beiden Hunde samt Leinen am Arm. Nach zweimaligem laut knackenden Schließen mit dem etwas angerosteten Hausschlüssel öffneten wir außen am Haus, also fast auf der Straße stehend, eine hohe, schmale, schwere grünbraune Holztür mit messingfarbenem Briefschlitz im unteren Drittel und verschwanden mit Pascha, Bobby und Gepäck in einem engen, dunklen, feucht nach Keller riechenden Treppenhaus. Unzählige Stufen hatten wir im Dunkeln, müde und daher sehr behäbig, schließlich erklommen, als wir mit unserem aus Deutschland mitgebrachten Universalschlüssel eine weitere, nicht ganz so hohe, jedoch dafür recht schmale hellbraune Tür mit schwarzem schweren Griff öffneten. Tillmann mit seinen 1,95 Metern Körpergröße musste sich schon um einige Zentimeter zusammenklappen, um durch den mickrigen

Türrahmen zu passen. Schlussendlich durch die schmale Tür eingetreten, dachte ich, der Flur ist gar nicht mal so klein. Denn hinter dieser hellbraunen Tür erschien nicht wie erwartet ein kleines Zimmer, sondern so etwas wie ein kurzer Schlauch. Nachdem wir das Licht eingeschaltet und unser Gepäck abgestellt hatten, merkten wir, dass es nicht der Flur, sondern bereits das gesamte Appartement war, in dem wir standen. Die zweite Tür des winzigen Zimmers führte lediglich in ein noch winzigeres Bad; Till konnte hier nicht einmal aufrecht stehen. Außer diesen beiden räumlichen Winzigkeiten gab's nichts weiter. Um ohnmächtig zu werden, war ich zu müde. Die beiden Fellnasen Pascha und Bobby lagen schon eng beieinander in der einzigen freien Ecke und ich legte mich mitsamt meinen Reiseklamotten und komplett ohne Worte auf etwas, was aussah wie ein Bett, und schlief auch sofort ein. Gottlob, der durch die lange Fahrt eingetretene Energiemangel hatte einen naheliegenden Nervenzusammenbruch verhindert. Am nächsten Morgen, ich entdeckte Tillmann neben mir auf dem Metallteil, weckte uns die gestaute Wärme des Raums, der auch bei Tageslicht und nach ein paar Stunden Schlaf sehr klein war und blieb; na ja, da lagen die Bewertungen in Saint-Tropez schon etwas anders als im norddeutschen Flachland. Mein Kopf schwirrte und eigentlich wollte ich nur noch eins: sofort zurück nach Hause. Doch Tillmann fühlte sich anscheinend einigermaßen wohl in dem kleinen Höhlengebilde unterm Dach. Ich war den Tränen nah, durfte mir das nicht anmerken lassen, die Liebe war noch zu neu und ich wollte sie nicht aufs Spiel setzen. So schloss ich mich erst einmal in der winzigen Toilette ein, um mich nach einem kurzen, aber heftigen Tränenausbruch auch gleich wieder zu beruhigen. Dann begann ich erneut zu rechnen. Ich rechnete die Tage bzw. Nächte aus, die ich hier nun noch verbringen müsste (eine war bereits verstrichen), um dann endlich wieder in meine vertraute Heimat reisen zu dürfen, und beschloss daraufhin sofort, mich zusammenzureißen und mir nichts anmerken zu lassen.

Es fühlte sich nach einer großen Herausforderung an, weil ich vor Till so tun musste, als wäre alles in Ordnung, und niemanden kannte, dem ich mich hätte anvertrauen mögen, um mein Heimwehproblem zu teilen. Denn auch an WhatsApp war, es ist wirklich kaum zu glauben, noch überhaupt nicht zu denken. Vier kommende Nächte, das müsste doch zu schaffen sein! Ich werde mein Bestes geben ...

Unser „Zimmer-Appartement" lag tatsächlich in einer Nebenstraße des Jachthafens von Saint-Tropez. Die Hafenregion ist in Saint-Tropez so etwas wie eine „sehr gute Adresse". Ich weiß nicht warum, zu sehen war davon rein gar nichts. (Im Rückblick und mit dem Wissen von heute, ist es ein wenig schade, dass ich davon so gar nichts merken konnte.) Anne kannte den Eigentümer dieser winzigen Wohnung, daher hatte sie uns dieses Zimmer empfohlen. Außerdem war es für uns, wegen der Bekanntschaft zum Vermieter, preislich günstiger als normal. Zwar war Anne der Eigentümer des kleinen Domizils bekannt, die winzige Wohnung kannte sie offensichtlich nicht, sicherlich auch nicht die Maßstäbe, die in dieser Ecke Südfrankreichs an eine Wohnung angelegt wurden. Wir sowie unsere vorübergehend geerbten Vierbeiner sollten nun für die nächste Handvoll Tage und Nächte die Bewohner eines etwas zu groß geratenen Wandschranks sein. Dieser Schrank befand sich im fünften Stock, direkt unterm Dach eingebaut. In einem engen, dunklen, feucht-kühlen Treppenhaus, das wie ein alter Kartoffelkeller roch, gab es mindestens dreimal täglich schon wegen der Hundespaziergänge so einige Stufen zu erklimmen, dies aber wenigstens in recht angenehmer Temperatur. Das Kellertreppenhaus hatte vermutlich auf Grund der Feuchtigkeit in den Wänden eine angenehme Raumtemperatur von höchstens 25 Grad.

Die Tatsache, dass der Wohnschrank unter dem Dach zu finden war, hatte in Saint-Tropez Ende Juli zur Folge, dass wir es hier oben mit einer Raumtemperatur von gefühlten 45 Grad

Celsius zu tun hatten. Realistisch vermutlich nur 38 Grad, aber diese Temperaturdifferenz nützt einem dann auch nichts mehr. Der Schweiß tropfte Till und mir von der Stirn direkt auf den Tisch oder den Boden, auch wenn wir ganz still, fast bewegungslos, auf einem Stuhl saßen. Pascha und Bobby, unsere beiden vierbeinigen Begleiter, hechelten müde vor sich hin, und wir benutzten die Wassersprühflaschen, mit denen man eigentlich Orchideen befeuchtet, um das Fell immer wieder mal mit kaltem Wasser einzusprühen und den beiden Hunden dadurch etwas Abkühlung zu verschaffen. Aber nicht nur die Hitze wurde für uns zu einer echten Herausforderung, sondern auch die Matratze unseres Doppelbetts; sie war zusätzlich am aufkommenden Stress beteiligt. Mit einer maximalen Breite von 140 Zentimetern (gefühltes Höchstmaß 120 Zentimeter) war sie so durchgelegen, dass, auch wenn man sich an den äußeren Rand abgelegt hatte, man innerhalb kürzester Zeit in die Mitte rollte, wo schon der andere Schwitzende (in diesem Fall Till) lag.

Das In-die-Mitte-Rollen wurde durch den Metallrost des Bettes, was wir bis dahin als Lattenrost kannten, stark begünstigt. Die ausgebeulte Matratze sollte wohl von diesem Metallrost in der Horizontalen gehalten werden, doch durch die Altersschwäche beider, sowohl der Metallfedern wie auch der Rosshaarmatratze, geriet bei jeder noch so kleinen Bewegung diese Gestellkombination in eine derartige Schwingung, dass Till sich oder ich mich jeweils an den Seitenpfosten des Betts festkrallten, um nicht alle fünf Minuten unfreiwillig in die Mittelkuhle der Unterlage zum schweißtriefenden Partner geschaukelt zu werden. Man mag ja den Verdacht hegen, dass junge Leute gern in der Nähe ihres Partners liegen … Darauf muss ich nun leider erwidern: Ein Zeitgenosse aus der kühlen Region des Vorharzes will das bestimmt nicht bei 38 Grad Raumtemperatur! Nachts versuchten wir durch die zwei kleinen Dachfenster etwas kühle Frischluft hereinzulassen.

Das funktionierte allerdings lediglich in der Zeit zwischen zwei und vier Uhr in der Nacht. Denn bis mindestens 22 Uhr strahlten die dicht aneinander stehenden Hausfassaden die über den Tag gesammelte Hitze ab, da war an Lüften nicht zu denken. Öffnete man das Fenster vor 23.30 Uhr, kam mehr Hitze herein als Frischluft.

Bis weit über Mitternacht hinaus tönten Kneipenbesucher und andere Nachtschwärmer, die in den kleinen Gassen unterwegs waren, so laut, dass wir wegen des Lärms, der sich in den engen Straßen zusätzlich potenzierte und schwingend die Hausfassaden heraufpolterte, unsere zwei Fensterluken lieber geschlossen hielten. Ab zwei Uhr nachts wechselte der Lärm auf freundliche französische nasale Wortbrocken wie „À bientôt", „Bonne nuit", „Ça va" und andere Nettigkeiten. Sie klangen von unten herauf und waren die Vorboten für die nun bald einkehrende Nachtruhe. Damit kam eine Art Vorfreude auf Sauerstoff und eine Mütze Schlaf. Mit dieser erlösenden Ruhe war es dann aber spätestens ab vier Uhr auch schon wieder vorbei. Denn jetzt begann sich die Müllabfuhr mit ihren kleinen dreirädrigen mobilen Gefährten in den schmalen Gassen zu betätigen, und mit ebenfalls nasalen Lauten wie „Bonjour", „Ça va" und anderen, für mich unverständlichen Wortbrocken, wurden die Mülltüten vor den Hauseingängen eingesammelt. Scheinbar kannte hier in der Altstadt jeder jeden und es gab bereits ganz früh am Morgen schon Wichtiges auszutauschen. Auf die Müllabfuhr folgten die ähnlich gebauten und geräuschvollen Fahrzeuge der Gemüse- und Fischhändler, die Geschäfte und Märkte in der Nähe belieferten und natürlich auch die beiden kleinen Läden vier Etagen unter und zwei Eingänge neben unserem Appartement. Außer dem knatternden Lärm, den sie verursachten, sorgten sie auch noch für eine frei werdende, ziemlich unangenehme Geruchsmischung aus Treibstoff und Abfalldüften, die bei heutigen Feinstaub- und Abgasmessungen die Immissionswerte sicherlich bereits in einer Nacht überschritten hätten.

Diese Düfte schlängelten sich langsam zu unseren Nasen herauf. Und spätestens jetzt war Schluss mit Schlaf. Kaum hatten wir eine Ruheposition gefunden und eine kleine Brise Hafenluft wollte sich durch die zwei winzigen Dachluken quetschen, um uns das Einschlafen zu erleichtern, ging es auch schon los mit Geknatter, Gebrumm und Gepolter dieser kleinen dreirädrigen Fahrzeuge, die sich durch die engen, winkligen und teils auch steilen Straßen schoben. Die hohen Gebäude, die wenig Platz zum Gegenüber lassen, vervielfachten den Lärm wie in einem Tunnel. An Schlafen war also fünf Nächte lang fast nicht zu denken. Nun waren wir jung und der Schlaf hatte natürlich längst nicht die Bedeutung, die er heute hat, aber unsere Nerven lagen mit der Zeit blank. Vor Tillmann hatte ich mein Unbehagen und das Missfallen an Saint-Tropez lediglich eineinhalb Tage verbergen können. Dann brach eine verzweifelte Schimpftirade aus mir heraus. Alles war unerträglich und furchtbar, nichts war mehr gut. Leider war er im zarten Alter von 23 als Krisenmanager für solch schwere Fälle recht unerfahren und so steckte meine schlechte Laune ihn sofort an. Mit ernsten Mienen saßen wir nun schweigend da und hofften auf Besserung. Erschwerend kam hinzu, dass wir vor knapp 30 Jahren mit einem so geringen Reisebudget unterwegs waren, dass wir uns auch außerhalb unseres Wohnschrankdomizils schwertaten, die Nerven vielleicht mit kulinarischen Leckereien zu pflegen. Da wir uns überwiegend von trockenem Baguette und Mineralwasser ernährten, das eine oder andere Mal kam ein Apfel oder ein Pfirsich vom Markt dazu, war unsere Laune sowieso meist etwas angespannt. Die Speisekarte in den Bistros lasen wir rückwärts oder besser gesagt von rechts nach links, das heißt, wir suchten zuerst nach dem kleinsten Preis und bestellten das, was es dafür gab. In der Regel blieb es bei einer kleinen Flasche Mineralwasser der Marke Perrier mit zwei Gläsern dazu. Das Baguette hatten wir vorher in der kleinen, netten Bäckerei in einer Nebenstraße gekauft und in unserem Dachzimmer mit Hilfe der vierbeinigen Freunde aufgeknabbert. Eine recht willkommene Abwechslung wurde der Gassigang mit den beiden Hunden. Die tägliche kleine Wanderung führte uns zweimal täglich hinauf zur Zitadelle; sie galt vor mehreren hundert Jahren als Schutzfestung von Saint-Tropez. Uns diente sie im Tagesverlauf immer wieder als Schattenspender und leichte Kühlung im Vergleich zur winzigen Dachmansarde. Auf diese Weise schlugen wir uns fünf Tage durch und lernten den kleinen Fischerort auf sehr individuelle Weise kennen, so in der Art „Low-budget-Saint-Tropez", was bei den Preisen, die in dieser Region aufgerufen werden, alles andere als einfach ist. Wesentlich länger als sechs Tage hätten wir ohnehin nicht bleiben können. Nicht nur das mangelnde Geld war ein zwingender Faktor für eine Heimreise, auch der Schlafmangel, verursacht durch Lärm, schwülstige Gerüche und Hitze im Dachzimmer, ließ unsere Gespräche und Diskussionen hitziger werden, sodass Tillmann und ich uns sehr zügeln mussten, damit es bei verbalen Attacken blieb und diese nicht in allem Eifer in körperliche Angriffe umschlugen, und das im wahrsten Wortsinn. Unseren letzten Abend am Hafen von Saint-Tropez, ich war bereits voller Vorfreude auf die Heimreise, wollten wir schließlich in einem der kleinen Bistro-Cafés oder einer der Bars verbringen, um uns dann doch vielleicht versöhnlich von dem quirligen Ort in einer kleinen Bucht am Mittelmeer zu verabschieden. Einem Ort, wo nicht nur Möchtegerns und Habenichtse entspannt nebeneinanderleben, sondern alle Generationen, vom Kleinkind bis zum Greis, bis spätabends auf den Beinen sind und miteinander sein können, wie sie eben sind. Die Sitzplätze in den Cafés am Hafen waren ausgesprochen begehrt. Hier galt die Devise „Sehen und gesehen werden" ganz besonders stark. Von schick bis extravagant, von Gummistiefeln mit Pailletten bis High Heels, vom kapriziösen Straßenclown bis zum hemdsärmeligen Boulespieler, vom perfekt und teuer gekleideten Jachtbesitzer bis zu in die Jahre gekommene und überdekorierte Schönheiten – hier tummelte sich vom frühen Anbruch des Abends bis spät in die Nacht alles und jeder. Nachdem wir bestimmt eine Stunde Ausschau nach einem der vorderen Sitzplätze gehalten und einen solchen auch ergattert hatten, da man von hier aus den besten Blick auf die sich vorwärtsschiebende bunte Menge der Menschen hatte, die sich im Hafenviertel gern zeigte, genügte ein kurzer, aber genauer Blick ins Portemonnaie, um uns bei unserer Bestellung auch am letzten Abend zu bescheiden. Eine kleine Flasche Rotwein (0,5 Liter) und zwei Gläser bitte. Kurz nachdem wir unsere Rotweinbestellung aufgegeben hatten, wechselte die Laune des Kellners schlagartig. In unverständlichem Französisch brummend, riss er uns Besteck und Servietten weg und knallte nach zehn Minuten eine kleine Flasche Rotwein mit zwei Gläsern wortlos auf den Tisch. Wir konnten uns die wechselhafte Stimmung der Bedienung nicht erklären, sie fiel allerdings auf. Lange Zeit verweilten wir mit unserem Getränk und versuchten den sehr trockenen Wein zu genießen, beobachteten das lebhafte Treiben der Menge, die über den engen Platz walzte und das eine und andere Mal einen neidischen Blick auf unseren formidablen Sitzplatz warf. Heute wissen wir, was wir damals nicht ahnten: Allein unserer jugendlichen Naivität sowie vermutlich unseren mangelnden Französischkenntnissen war es zu verdanken, dass wir diesen Sitzplatz überhaupt bekommen haben. Denn unsere Bestellung passte überhaupt nicht zu der Umsatzerwartung in den Cafés am Hafen. Erst viele Jahre und viele Erfahrungen später verstanden wir die Situation und sind im Rückblick immer wieder amüsiert über unsere jugendliche Leichtigkeit von damals. Von vielen Dingen, Erlebnissen, Superlativen und witzigen missverständlichen Situationen in diesem ehemaligen Fischerdorf waren wir, nach unserer Rückkehr in die Heimat, dann doch so inspiriert und angetan, dass wir damals beschlossen, unbedingt einmal wieder hierherzukommen, zurück nach Saint-Tropez. Dann natürlich mit einem größeren Reisebudget und in einem Zimmer mit Ventilator, kleidungsmäßig mehr en vouge und mit etwas mehr Französischkenntnissen, um eleganter und vielfältiger eintauchen zu können in das lebendige Treiben dieser doch entzückenden südfranzösischen Hafenstadt. Saint-Tropez hat gerade mal 4500 Einwohner. Was wäre wohl aus diesem unbedeutenden Fischerdorf, in einer felsigen Bucht an der Côte d'Azur liegend, geworden, wenn nicht in den 1960er Jahren Gunter Sachs und Brigitte Bardot hier als Traumpaar des damaligen Jetsets unterwegs gewesen wären? Die rasante, extravagante Lebensart von Gunter Sachs, einem deutsch-schweizerischen Industriellenerben, wurde in der Presse immer wieder beschrieben. Er ließ als besondere Liebeserklärung an Brigitte tausend rote Rosen für sie aus einem Flugzeug regnen. Diese außergewöhnliche Unternehmerpersönlichkeit in Verbindung mit der schmollmundigen blonden Schauspielerin und Naturschönheit, Brigitte Bardot, hat den internationalen Jetset, Berühmtheiten aus Film und Fernsehen, letztlich auf Saint-Tropez aufmerksam gemacht. Nun hat die Stadt ihren vermutlich dauerhaft weltweit bekannten Glamourfaktor und zieht Jahr für Jahr Prominente und Reiche – und die, die es gern wären – aus aller Welt an. Wer hätte Saint-Tropez sonst entdecken und so berühmt machen sollen? Tillmann und ich waren im Nachhinein, beim Resümieren, nun doch ein wenig versöhnt, ja fast begeistert von dem natürliche Charme, der echten Freundlichkeit sowie der legeren Lebensart der Südfranzosen. All diese Amivalenzen und vielschichtigen Eindrücke haben schlussendlich dafür gesorgt, dass wir die Unbilden der Reise, das viel zu hoch temperierte und auch viel zu kleine Appartement letztlich doch ertragen haben und sich nach einigen Wochen, aus der Rückschau vom gewohnten häuslichen Ambiente aus, alle negativen Eindrücke stark relativierten. Und dann ist da ja noch die französische

Sprache, die so klingt, als ob die Menschen stets singen und als gäbe es hier keine schlechte Laune. Das „Bonjour messieurs dames", „Merci bien", „Au revoir", „Excusez-moi" usw. klingen wie Musik. Doch unser damals beschlossener Plan, uns diese Stadt noch einmal und dann auch besser vorbereitet anzuschauen, war immer wieder verschoben worden, und zu der Reise nach Saint-Tropez war es bislang nicht gekommen. Ich muss gestehen, dass ich nicht ganz unschuldig daran bin, dass dieser Plan immer wieder ad acta gelegt wurde, denn das Wort Urlaub löst ja direkt Unbehagen bei mir aus. Man könnte auch sagen, es verschreckt mich. Spätestens eine Woche bevor es losgeht, bin ich unruhig, schlafe schlecht und bekomme Bauchweh. Es nützt aber alles nichts, die anderen tun es auch, und ich will keine weltfremde Tussi sein oder werden. Mit Reiseverweigerung hätte ich bei Tillmann sowieso keine Chance. Er liebt das Reisen nach wie vor und ist einfach gern unterwegs. Ein wahres Reisebündel und ein Abenteurer. Ohne mich würde er vermutlich als „Nichtsesshafter" mal hier, mal da leben. Meine Urlaubsmuffligkeit muss ich deswegen auch schon das eine und andere Mal verbergen, sonst gerät meine Ehe in Gefahr. Am besten verberge ich das Missempfinden, wie ich es anfänglich beschrieb, in leichter Bierlaune, bei einem guten Essen oder einem schönen Glas Wein. Da vergesse ich für kurze Zeit das Gefühl von Unbehagen, was mich in Windeseile und kurz vor Reiseantritt sofort wieder beschleicht, und schwups … genau da, in einem solchen Gute-Laune-Moment, machte ich meine Zusage: „Till und ich besuchen euch im nächsten Sommer in eurem Urlaub in Saint-Tropez." Jawohl …

Ein Dreivierteljahr später

Nun, 237 Tage später, ist es so weit. Die urlaubsfreie Zeit ist rum, die Sommerferien sind da und es geht los. Oh Mann … Koffer packen. Was soll alles mit? Der Platz ist begrenzt, denn dieses Mal ist es kein VW-Bus, der uns in den Süden bringt, nein, wir fahren fast 30 Jahre später mit einem Cabriolet. In den Kofferraum des hübschen Autos passen ein Koffer und eine Tasche … mmh … für zwei Personen und 14 Tage Reise. Alles klar, das wird schon funktionieren. Ich nehme den Koffer, öffne meinen Schrank und suche nach leichtem und doch schickem Fummel. Von meinem Aufenthalt vor knapp 30 Jahren ist mir auch siedend heiß in Erinnerung geblieben, dass die jungen Damen an der Côte d'Azur in kurze, enge, neonfarbene Stretchkleider mit großem Dekolleté oder in superknappe kurze Höschen gehüllt waren, ich wiederhole … gehüllt … und nicht etwa gequetscht. Dass sie dazu High Heels trugen, ist doch wohl klar. Toll frisiert, schicke große Sonnenbrillen, enge breite Taillengürtel. Das Make-up fehlte trotz der schwülen Hitze bei keiner Dame, der Teint ist eh gebräunt, also alles wie aus einem Modemagazin erster Klasse. Ich hingegen hatte damals artige weite, knielange Bermudashorts und bequeme graue Flip-Flops an. Als Rotblonde und Sommersprossige, aus ländlichem Raum und nördlichen Breitengraden stammend, war ich zur damaligen Zeit noch sehr naturbelassen. Und bei Rothaarigen haben Wimpern, Augenbrauen, Haare und Teint ja mehr oder weniger die gleiche Farbe, so eine Mischung aus Steckrübe, Karotte und Blond. Konturen sind Fehlanzeige, bis auf die eine oder andere Sommersprosse. Und auch meine Sonnenbrille, mochte sie zu Hause noch todschick gewesen sein, in Saint-Tropez bestand sie den Trendcheck leider nicht. Sie wirkte eher wie ein ausrangiertes Erbstück des Schlagersängers Heino. Und so wurde ich als 22-Jährige in einer Modeboutique bei einem Einkaufsversuch mit „Madame" angesprochen, was mir signalisierte: „Wie siehst du denn aus, du Landei?"

Woraufhin ich damals den Laden stark eingeschüchtert verließ und mir stattdessen auf dem staubigen Marktplatz, dem „Place des Lices", mitten in Saint-Tropez an einem einfachen Holzmarktstand noch ganz schnell eine kurze kniefreie Hose kaufte, um mich wenigstens etwas aufzuhübschen. Für den Rest des Outfits kam leider jede Hilfe zu spät. Auch die bunte kurze Hose konnte dabei nicht helfen, und finanziell hätte mehr modisches Zeug Tillmann und mich in den sofortigen Konkurs geführt. Dieses Boutique-Erlebnis hatte sich bei mir eingebrannt, sodass ich mir bereits zu der Zeit und an Ort und Stelle vornahm, dass, falls ich irgendwann noch einmal herkommen würde, ich gegen den hippen tropezianischen Dresscode auf gar keinen Fall wieder verstoßen würde. Mit diesem Vorsatz suche ich jetzt, fast drei Jahrzehnte später, in meinem Schrank nach kurzen, nicht allzu kurzen Hosen, nach leichten, doch nicht allzu leichten Kleidern, nach engen und doch nicht allzu engen Oberteilen, nach möglichst bequemen High Heels oder frechen bequemen Schuhen, werde doch tatsächlich fündig und packe alles ein. Das geht ratzfatz, der Koffer ist voll, und nun geht's auch direkt los, es gibt kein Halten mehr. Zwar hält sich meine Aufregung, zumindest im Moment, in Grenzen, wäre ich jedoch ein Hund, würde ich mich bestimmt in meiner kleinen Hundehöhle verkriechen, mucksmäuschenstill in der hinterletzten Ecke kauern und darauf warten, dass ich übersehen werde und die anderen irgendwann ohne mich verschwunden sind. In diesem Idealfall hätte ich in meiner kleinen Hütte wirklich echten Urlaub, ganz ruhig, ganz mit mir allein … Was für ein Träumchen! Nun bin ich kein Hund, das ist ja auch besser so, und damit zurück zur Realität. Ungefähr 200 Kilometer südlich von Hamburg, im Bereich des Harzvorlandes, starten wir. 320 Pferdestärken unter und ein Stern auf der Motorhaube machen sich mit dem Rest der Karosserie und uns an Bord bereit für die Reise. Die Form sowie die Art unseres Reisegefährts hat sich mit den Jahren stark verändert. Zwar ist es mit den hart gepolsterten

Sportsitzen keinesfalls bequemer geworden, aber dafür macht so ein schicker Sportwagen optisch natürlich viel mehr her als ein spießiger, familienfreundlicher Bus oder Multivan, wie er heute heißt. Und ein angemessener, besonderer Schick ist ja auch eines der Themen unserer angehenden Reise. So eine Art optische Rehabilitation des Anfangsbesuchs vor circa 30 Jahren. Der erste Abschnitt dieser Tour soll uns ungefähr 600 Kilometer nach Süden führen, in die bayrische Landeshauptstadt.

Meine Reiseerfahrung hat sich natürlich im Laufe der letzten Jahre, auch mit Tillmanns Unterstützung, deutlich verbessert. Kurzurlaube, die zwischen Tirol, dem Salzburger Land und Sylt stattfinden, kann ich manchmal direkt genießen. Auch München gehört zu den Städten, die ich ganz gern für ein paar Tage besuche. Eine Stadt, urig wie ein großes Dorf, wie wunderbar. Und so kommt es, dass ich auch bei der Fahrt nach Südfrankreich mein gediegenes München sehen möchte. Nach gefühlten zehn und realen sechs Stunden, zwischendrin zwei Cappuccino-Pausen, erreichen wir die bayrische Landeshauptstadt. Nach einer zähen Anreise, mit Regengüssen zu Beginn, kleineren Staus zwischendrin und überwiegend zäh fließendem Verkehr zu Ende der Reise, checken wir im Hotel „Admiral" am Gärtnerplatzviertel, in der Kohlstraße Nr. 9, ein. München verwöhnt uns auch am frühen Abend noch mit allerfeinstem Sonnenschein und sehr angenehmen 23 Grad. Das kleine Hotel Admiral (der Name passt zwar weder zum Standort noch zum Haus als solches, denn ein Admiral ist schließlich bei den Streitkräften der Marine zu finden) bietet uns nach der langen Fahrt auf Anhieb die ersehnte und erwartete Erholung. Diese Erholung finden wir hier nicht zuletzt durch die besonders nette Begrüßung des Rezeptionisten. Der bayrische Dialekt, die zünftige Lebensart öffnen mein Herz und ich bin wieder wach. München, was für eine tolle Stadt! Wir füllen fix ein Anmeldeformular aus, stellen die Koffer ab und marschieren schnurstracks in Richtung

Hofbräuhaus. Nach kurzer Zeit Wegs ändern wir den Plan Hofbräuhaus und ersetzen ihn durch „Schuhbecks in den Südtiroler Stuben". Die sind ganz in der Nähe der Maximilianstraße, am Platzl. Auf der gemütlichen Terrasse der Stuben verzehren wir nun sofort die beste aller Fischsuppen und ein Wok-Gemüse. Das Essen ist superlecker, ganz frisch zubereitet und nur vom Feinsten. Herr Schuhbeck selbst ist, wie häufig, anwesend und begrüßt im Vorbeigehen seine Gäste. Spricht man ihn auf seine verwendeten Gewürze an, gerät er ins Schwärmen und man kann sich auf einen kurzen Gewürzvortrag einstellen. Wir bestellen zum Essen den von ihm beworbenen Ingwertee und sind dadurch auch sofort in einem freundlichen kurzen Gespräch mit dem Meisterkoch, genießen dann unser Essen, die Terrasse und das muntere Treiben im Zentrum Münchens. Nach einem vorzüglichen Mahl geht unser erster Reisetag an einem lauen Sommerabend auf dem sehr lebhaft frequentierten Platzl langsam zu Ende.

Auf nach Salzburg!

Nach Schuhbecks Fischsuppe haben wir im Hotel Admiral sehr gut geschlafen. In der Nähe des Englischen Gartens gelegen, wird das kleine Garni-Hotel besonders persönlich betrieben und das aufmerksame Personal erfüllt uns nahezu jeden Frühstückswunsch. Mit herrlichem Fruchtsalat, Tee und Toast mit Kräuterrührei geben wir uns mehr als zufrieden und sitzen bei bestem Wetter vollkommen entspannt im hoteleigenen Garten. Der ist klein, aber wirklich fein. Eine richtig grüne Insel inmitten der Großstadt. Nach reichlich Leckereien vom Frühstücksbüfett machen wir uns auf den Weg in Richtung Wolfgangsee. Ich gebe zu, das ist nicht der direkte Weg nach Saint-Tropez, aber bevor ich mich ins wilde, glamouröse und extravagante Leben der Côte d'Azur werfe, brauchen meine Nerven die gediegene Gelassenheit sowie reichlich vom traditionellen, bodenständigen österreichischen Charme.

Also, auf geht's, und das im wahrsten Wortsinn. Das Dach des Cabrios schiebt sich knackend und brummend nach hinten, versenkt sich mehr und mehr und verschwindet irgendwo im Heck des Autos. Wir fahren ohne Dach. Darum haben wir uns (wenn ich ehrlich bin, ist es Till, der das Reisegefährt bestimmt hat) ja schließlich für die Reise mit einem Cabrio entschieden. Nachdem Tillmann extra für mich und meine zarten Nerven in sein Navi eine besonders schöne Route, eigens ausgewählt für Motorradtouren, eingegeben hat, verlassen wir München bei Sonnenschein und traumhaften 28 Grad Celsius. Petrus meint es gut mit uns und dem Cabrio. Auf kleinen, engen und doch zauberhaften Straßen, umgeben von wunderbarer urbayrischer Landschaft, schweben wir zielstrebig mit schnittiger Geschwindigkeit in Richtung Salzburg. Von Rosenheim nach Traunstein kommen wir irgendwann auf die Kreisstraße 2105. Der Weg ist das Ziel, und so tauchen kleinere und etwas größere Ortschaften, einzelne Gehöfte oder Wirtshäuser in pittoresker Weise auf und ziehen, wie auf einer gemalten Leinwand, als Kulisse an uns vorbei. Es gibt viel zu sehen und die Landschaft vermittelt ein wahrhaft „Heile Welt"-Gefühl. Fast zu schön, um real zu sein. Wenn ich in 100 Jahren einmal wieder auf die Welt komme sollte, will ich als Bayern wiedergeboren werden. Das Wetter tut sein Übriges und so gibt es nach zwei Stunden dieser entspannten Fahrt durch sanfte Kurven, leichte Hügel und Schatten spendende Waldgebiete eine Cappuccino-Pause im Garten des Hotel-Restaurants „Eichenhof", Angerpoint 1, in Waging am See. Zum belebenden Cappuccino bestellen wir zusätzlich und um einer Unterzuckerung von vornherein vorzubeugen, ein feines Eis mit Früchten. Besser kann es einem doch gar nicht gehen. Fast wie im Paradies …

Ein freundlicher, entspannter kleiner Ort, dieses Waging am See. Erholung ist hier Programm und lässt sich auch nur schwer vermeiden, denn außer wundervoller Natur gibt's hier nichts. Nach dieser entschleunigenden, auch kulinarisch durchaus erfüllenden Pause fahren wir auch schon weiter, natürlich wieder mit offenem Autodach. Da lässt sich beim besten Willen nichts machen, auch wenn das Thermometer inzwischen 30 Grad im Schatten anzeigt und die Ledersitze sich derart aufgeheizt haben, dass ich mir beinahe mein Hinterteil durch die zarte Leinenhose hindurch verbrenne. Und am Himmel nicht ein rettendes Wölkchen in Sicht. Ich blicke erschrocken nach oben, bitte um etwas Wolkenbehang, aber Petrus meldet sich nicht. Für Tillmann gilt bei Sonne „Dach auf"-Gesetz! Über die K 2104 setzen wir die hochtemperierte Fahrt fort. Jetzt schon nicht mehr in ganz so schnittigem Tempo, denn der Autoverkehr wird dichter, führt uns der Weg Stück für Stück in Richtung Freilassing, dabei kommt uns Salzburg langsam immer näher. Der allgemeine Urlaubs-, Einkaufs-, Feierabend-, Baustellenverkehr oder wer sonst sorgt dafür, dass wir die Geschwindigkeitsgebote nicht ein einziges Mal überschreiten können, sondern im Gegenteil froh sind über jeden Meter, der uns näher zum Ziel bringt … Doch endlich kann ich das Ortsschild sehen: „Salzburg", und bin, nach zähem Ringen der gefahrenen Kilometer, sofort wohlig gespannt auf die Mozartstadt, deren Name allein wie eine Symphonie des alten Meisters klingt. Vor ungefähr 15 Jahren war ich das letzte Mal hier. Während zahlreicher Ausbildungsseminare in Kössen in Tirol hatte ich immer wieder einmal Salzburg besucht – Glockengasse, Getreidegasse mit Mozarts Geburtshaus, die schönen Cafés und Boutiquen. Das war für mich während der teilweise „trockenen" Seminar-Lerninhalte meiner Ausbildung ein notwendiges Kontrastprogramm. Zwar lebe ich sehr gern ruhig und beschaulich am Stadtrand oder im stadtnahen ländlichen Raum, genieße es allerdings auch immer wieder in vollen Zügen, in die pulsierende Lebendigkeit einer Stadt einzutauchen und mich in diesem Strudel, selbstverständlich stets wohldosiert, treiben zu lassen. Kein Weg führt daran vorbei, wir nehmen die Fahrt auf zu Salzburgs Zentrum, ab zur Getreidegasse. Doch was ist das ...? Bevor sich das historische Zentrum in seiner Schönheit zeigen kann, müssen wir durch Salzburgs Außenbezirke. Ein Industriegebiet tut sich auf. Seit wann gibt es das denn da? Es war mir noch nie aufgefallen, dass diese altehrwürdige Stadt so hässliche Seiten hat. Und bei diesen krassen Temperaturen mischen sich hier zusätzlich Abgasgestank und heftige Sonneneinstrahlung auf dem Asphalt zu flirrender Geruchs- und Sichtbelästigung. Überlandleitungen, wohl auch für Bus und Bahn gedacht, ziehen kreuz und quer über uns hinweg und verbinden sich zum Teil mit Hausfassaden. Wie großmaschige Spinnennetze ziehen sie sich über uns zusammen und unsere Blicke können dieses Geflecht jeweils bis in die nächste Querstraße verfolgen. Schön ist eindeutig was anderes. Eine weitere Pause wird für mich aber jetzt nahezu unverzichtbar. Fast drei Stunden direkte Sonneneinstrahlung aufs Hinterhaupt und damit schließlich irgendwie auch aufs Hirn, zum Schluss die zusätzliche

Verkehrsdichte in und um Salzburg, in einem Auto ohne Dach, machen mir trotz meiner neu erworbenen Cabriomütze schwer zu schaffen. Manchmal bin ich aber auch ein Empfindelchen, da gehe ich mir fast selbst auf die Nerven. Ich kann es aber leider nicht wirklich ändern. Das bekannte „Café Getreidegasse", Salzburg, Getreidegasse 27, ist, wie ich meine, ein Muss. Eine Melange und ein Topfenstrudel sind gesetztes Programm, auch wenn das Früchteeis von Waging am See sich noch quer im Magen bemerkbar macht. Manchmal muss man für Tradition halt Opfer bringen, sosehr der Magen auch drücken mag, Café Getreidegasse wartet auf unseren Besuch. Nachdem wir im Parkhaus Linzer Gasse, ein in den Berg gebautes Parkhaus, ganz besonders und außergewöhnlich eingeparkt haben, drängeln wir uns durch die Touristenströme Salzburgs. Scheinbar hatten heute alle die gleiche Idee, nämlich: der Mozartstadt einen Besuch abzustatten, nun ja …

Gegen den Strom anderer Salzburgbesucher kommen wir endlich im Kaffeehaus an und der Vorfreude auf bekannten Strudel und Melange steht nichts mehr im Wege. Wir nehmen Platz und harren der Bedienung, einem der Ober von rundlicher Statur, die man in Salzburg häufig in Kaffeehäusern antrifft, folglich auch erwartet. Ups … aber wer kommt da an unseren Tisch?

Eine junge Dame, knappe 20 Jahre, im Trachtendirndl und mit asiatischer Physiognomie, begrüßt uns mit einem sehr österreichischen Akzent und einem herzlichen „Grüß Gott". Ich bin verblüfft … Ein junger Mann, vielleicht Ende 20, mit vermutlich indischen Wurzeln, steht hinter der Theke und unterhält sich mit der jungen, asiatisch anmutenden Frau ebenfalls in bestem Österreichisch. Mein Gehirn fängt an zu arbeiten … Woas is jetzt dees?, wie der Österreicher sagen würde. In jedem Fall ist es eine unerwartete Überraschung. Sicher sind diese beiden Bedienungen das, was sich gelungene Integration, Zuwanderer zweiter Generation, nennt,

und diese jungen Leute sind ganz wunderbare, freundliche Menschen. Und doch spüre ich in diesem Moment meine Sehnsucht nach den bekannten, den vertrauten, eben den von rundlicher Statur geprägten Kellnern und Bedienungen, um die 50 Jahre alt, mit weißem Hemd und gemusterter Weste ... irgendwie nach der Tradition, die ich in diesem Land kenne und so schätze. Vielleicht auch gerade in einer Zeit, die so schnelllebig daherkommt, wo weniges von gestern, morgen noch Bestand hat. Wie eigenartig ist das denn? Ist das nun ein Anzeichen des Älterwerdens?
Oder was soll ich davon halten?
Darüber werde ich wohl etwas länger nachdenken müssen.

Zwischenstation Wolfgangsee
Nach Melange und Strudel werden die umliegenden, Schatten spendenden Gassen ausgiebig abspaziert. Und das nicht nur wegen der besonderen und extravaganten Schaufensterauslagen, sondern auch, um uns noch etwas Abkühlung zu verschaffen, bevor wir uns anschließend zurück zum aufgewärmten Cabrio bewegen. Dann heißt es erneut einsteigen in die vorgewärmte Karosse, da hat auch das Parkhaus keine wirkliche Abkühlung gebracht, und weiter geht die hitzige Fahrt, um nun dem Zielort für die folgenden drei Nächte endlich noch näher zu kommen.
Inzwischen bin nicht nur ich, sondern auch Tillmann latent genervt. Wegen meines andauernden Jammerns und Klagens über die permanent sengende Sonneneinstrahlung, die seit Stunden schnurstracks auf mein Hinterhaupt brennt, erklärt er sich schweren Herzens und leicht knurrend endlich bereit, das Verdeck des Cabrios zu schließen. Nach weiteren, ungeheuer zäh erarbeiteten 50 Kilometern erreichen wir schließlich, ganz kurz vor einem Ehestreit, Sankt Wolfgang am Wolfgangsee. Geplant ist ein Aufenthalt im Hotel „Cortisen am See", Am Markt 15, der Tipp einer guten Freundin; sie hatte das Hotel so sehr empfohlen und uns damit ziemlich neugierig auf diese Unterkunft gemacht.

Als wir mit geschlossenem Cabriodach vor dem Hotel vorfahren, werden wir direkt mit der Frage konfrontiert: Wenn wir bei diesem herrlichen Wetter das Dach geschlossen hätten, wann in drei Teufels Namen wir es denn dann überhaupt öffnen würden. Das ist mal eine Begrüßung … Donnerschlag … das ist der österreichische Charme, den ich meine. Immer direkt heraus mit der Sprache … nicht lange zögern und sich nicht mit lang andauerndem höflichen Vorgeplänkel aufhalten. Ich vertrage diese Art von Ehrlichkeit ganz wunderbar, ich liebe sie geradezu, verpflichtet mich doch eine solche auch nicht zu besonderer Höflichkeit. Ebenso mag ich diesen Dialekt mit dem rollenden „R". Man könnte mich in der Sprache komplett durchbeleidigen und ich würde es nicht übel nehmen, es klingt einfach herrlich gut gelaunt, einfach zünftig, egal wie der Inhalt der Ansprache auch sein mag. Und wegen dieses Totschlagarguments unseres Hotelchefs lächle ich ganz einfach, verkneife mir lange Erklärungen, sehe mich stattdessen an unserem Zielort um und stelle sofort fest: Es ist ein Traumhotel, hier trifft österreichische Gediegenheit auf Moderne. Das Cortisen ist ein Boutique-Hotel der besonderen Art. Jedes Zimmer ist einzigartig, individuell und geschmackvoll eingerichtet. Hier hat sich jemand richtig Mühe gegeben und seinen persönlichen Stil ausgiebig ausgelebt. Till und ich sind begeistert und lassen unsere Blicke schweifen. Neben modernen Kunstwerken und neuen Wandmalereien mischen sich schwere antike Ledersessel. Eine große Standuhr mit einem Uhrenkasten, ausreichend groß für alle „sieben Geißlein", gibt mit dem schweren Pendel einen Takt an. Es ist unbeschreiblich, was das Auge hier entdecken kann. Jede Nische, jede Ecke bietet eine neue Überraschung. Direkt ans Hotel grenzt der eigene Garten mit Terrasse und vielen wunderschönen unterschiedlichen Gartenelementen, auf denen man gern seine Beine ausstreckt, weil sie zum Entspannen einladen. Das ist gelungene Gartenkunst. Und zu allem Überfluss grenzt auch der Wolfgangsee direkt an dieses zauberhafte Hotelgrundstück.

Dieser außergewöhnliche Gartenluxus bleibt ausschließlich den Hotelgästen vorbehalten und dadurch entsteht eine wunderbar gelassene, komplett unaufgeregte Atmosphäre. Die hoteleigene Küche bietet nicht das erwartete traditionelle österreichische Essen, sondern stattdessen internationale Leckerbissen, und es schmeckt alles ganz fantastisch. Wir beide, Tillmann und ich, lümmeln abwechselnd im Hotelgarten und entspannen dann wieder im Korbsessel auf der Terrasse bei traumhaftem Blick auf den See. Das erste Mal in meinem Leben spüre ich so etwas wie ein positives Urlaubsgefühl ohne einen Hauch von Unruhe oder gar Langeweile. Während wir bei Sonnenuntergang unsere Jakobsmuscheln mit allerlei anderen Köstlichkeiten auf der Terrasse vernaschen, macht ein kleiner Robotermäher heimlich leise, aber souverän seine Arbeit und hält ganz nebenbei den Rasen kurz. Am nächsten Tag erkunden Till und ich die umliegende Gegend, die wie eine große Puppenstube daherkommt, zu Fuß. Zuckerbäcker-Architektur in leuchtenden Farben. So nähern wir uns bei unseren Erkundungen am Tag zwei dem Hotel „Im Weißen Rössl".

In der Hotelszene ist das Rössl sicherlich der Klassiker der altehrwürdigen renommierten Hotels überhaupt. Legendär allein wegen der gleichnamigen Operette, die von dem österreichischen Komponisten Ralph Benatzky in den 1930er Jahren komponiert wurde, und der vielen Verfilmungen, die ich mit meinen Eltern vor einer gefühlten Ewigkeit ungefähr einmal jährlich anschauen musste. Die idyllische Kulisse, die witzig romantische Darstellung im Film wie auch im Singspiel hat mir als Kind und auch als Jugendliche ziemlich gut gefallen, sodass ich damals schon beschloss, auch wenn ich nie weit reisen würde, doch irgendwann einmal zum Wolfgangsee zu fahren und mir das Hotel Rössl ganz persönlich anzusehen. Nun war es so weit, Jahrzehnte, die besagte gefühlte Ewigkeit später, aber noch immer mit derselben romantischen Verklärtheit, stand ich davor und war komplett fasziniert. Was für ein wunderbarer Bau! Ich gebe zu, ich hätte mir das Traditionshaus doch um einiges größer vorgestellt. Und trotzdem ist es großartig. Viele Prominente, auch Politiker, haben hier schon gewohnt oder auch nur übernachtet. Was für eine Atmosphäre, eine kleine heile Welt und eine ganz andere Welt. Es scheint, als würde die Zeit hier langsamer voranschreiten, oder vielleicht ist sie hier ganz und gar stehen geblieben, wie wunderbar beruhigend. Als ich dann mit dem Gedanken spiele, auch einmal eine Nacht im Weißen Rössl zu verbringen, bremst ein Blick auf die Übernachtungspreise meine Euphorie ganz stark ein. Ich überlege kurz und verschiebe den Plan einer Übernachtung im Gasthaus Rössl auf spätere Zeiten. Das einfachste Zimmer kostet für eine Nacht 450 Euro. Nach oben gibt es fast keine Grenze im Preisgefüge; wer mag, kann auch über 1000 Euro für eine Nacht ausgeben. Ganz spontan entschließe ich mich aber, mit Till einen „großen Braunen" auf der imposanten Hotelterrasse einzunehmen, mit Blick auf den Wolfgangsee. Bei solch einem Anlass begleitet mein Mann mich immer sehr gern und wir verbringen eine herrschaftliche Kaffeepause, mit freundlicher Bedienung und verzauberter Sicht auf den See wie auf das dem See gegenüberliegende Bergpanorama. Gleich direkt neben der Hotelterrasse gibt es eine Bootsstation. Hier kann man kleine Elektroboote ausleihen. Tillmann hat die sofort entdeckt, und da hält ihn nichts mehr, er mietet uns ein Boot. Nun folgt ein spontaner Aufbruch von der Kaffeeterrasse direkt zum Bootsverleih. Da Till mich nun schon lange kennt, hat er sich sicherheitshalber erst einmal für die Halbstunden-Ausleih-Fahrvariante entschieden. Nicht dass ich bei 60 Minuten langem Geschaukel in der Nussschale in den schönen See erbreche. Selbst mit einem Boot fahren auf dem See … muss das nun auch noch sein? Für mich eine der überflüssigsten Unternehmungen überhaupt. Okay, Till hat vor Jahr und Tag einen Sportbootführerschein gemacht, inklusive der Übung: „Mann über Bord – Steuerbord" … aber ob das im Ernstfall wirklich hilft …? Man weiß es nicht. Als Riesenangsthase male ich mir alle Eventualitäten des Kenterns, Umkippens und Ertrinkens aus. Trotz aller Fahrkünste, die Tillmann besitzt und die auch beim Bootfahren Anwendung finden, hab ich Angst und mir wird schlecht. Meine Pulsfrequenz steigt … Jedes Mal, wenn eines der größeren Ausflugsboote, und die gondeln in Mengen auf dem See herum, an uns vorbeizieht, haut eine Bugwelle mit einiger Wucht unter unser kleines Zweisitzer-Elektroboot und ich sehe mich bereits gekentert und unter lauten Hilfeschreien vom Seemonster verschlungen in den tiefen dunklen Fluten des Sees für immer verschwinden. Also, wie immer bin ich froh, dass diese Art von Alltagsabenteuer nach 30 Minuten ein Ende hat. Da mein Ehemann solche Abenteuer von Zeit zu Zeit einfordert, habe ich damit meinen Anteil zum Fortbestand der Ehe zu sichern. Einige Meter vom Steg angelandet, wird das wackelige Gefährt mit uns an Bord durch eine Hakenstange vom See an den Anlegeplatz des Bootsverleihs gefischt. Anfangs noch mit ziemlich wackeligen Beinen und leichtem Schwindel geht es schließlich doch munter zurück, auf den festen Boden im Hotelgarten des Cortisens.

Meran, ein weiteres Etappenziel
Nach einer weiteren Übernachtung im schönen Hotel und einem abschließenden üppigen Frühstück auf der idyllischen Gartenterrasse machen wir uns wieder mit dem Cabrio auf den Weg, um unserem Endziel noch ein Stück näher zu kommen. Auf nach Meran … Im Hotel „Meisters Irma" wollen wir zwei weitere Tage verbringen. Noch einmal durchatmen, bevor uns Saint-Tropez alles abfordern wird.
Auch heute scheint die Sonne wieder mit voller Kraft. So soll es ja im Hochsommer auch sein. Das Thermometer zeigt uns gegen elf Uhr am Vormittag bereits 29 Grad im Schatten an. Tillmann öffnet selbstverständlich das Dach seines Autos, und

ruck, zuck! ist es wieder im Heck eingetaucht, irgendwo in Nähe des Kofferraums. Ich rücke meine Cabriomütze zurecht, setze die Sonnenbrille auf die Nase und auf geht's über die Autobahn A 1, zuerst in Richtung Salzburg zurück und dann über Bad Reichenhall auf die A 12 nach Innsbruck.
Mir ist schon wieder heiß, mein Kopf rauscht sowohl von dem Autolärm um uns herum wie auch vom andauernden Fahrtwind. Das ist kein Vergnügen in diesem Automobil ohne Dach, es ist eine Tortur. Wer hat sich einen solchen Quatsch nur ausgedacht … ein Auto ohne Dach, krachender Sonnenschein, wahrscheinlich 45 Grad Celsius bei direkter Einstrahlung, und dann mit 150 km/h über vollbefahrene Autobahnen jagen? Entweder schmort das Hirn in der Sonne oder der Fahrtwind haut dir eine Genickstarre in die HWS. Wenn das nicht eintreten sollte, beschert dir der Fahrzeuglärm mindestens einen Tinnitus. Großartige Aussichten für die Gesundheit. Doch artig gebe ich mich den Risiken der Gegebenheiten hin und sage kein Wort. Man könnte es sowieso nicht verstehen, die Fahrgeräusche in ihrer Dominanz kann selbst ich nicht überbieten. Über die Mittelleitplanke der Schnellstraße schwappen die hohen surrenden, abrupten Töne der in die Gegenrichtung fahrenden LKW. So nähern wir uns mit wehender Oberbekleidung, von lautem Brummen, Knurren und Surren begleitet, dem Brenner. Es soll über Italien weitergehen in Richtung Côte d'Azur. Je näher wir dem Grenzpass zwischen dem österreichischen Tirol und der autonomen Provinz Bozen kommen, desto weiter sinken die Außentemperaturen nun. Ich kann es kaum fassen, doch scheinbar hat das Universum doch endlich ein Einsehen mit mir. Zwar hat Petrus einige Zeit gebraucht, aber die Hitze lässt allmählich nach und so fällt ein Stressor schon mal weg. Kurz vor Gries am Brenner fängt es doch tatsächlich auch noch an zu regnen, zwar mit kleinen Tropfen, aber immerhin.
Juchhu … das Dach muss zu. Tillmann wehrt sich noch einige Minuten.

Er meint, es sei nicht so schlimm mit dem Regen, denn durch den Fahrtwind würden wir schließlich darunter hindurchsausen, dadurch wiederum wären wir überhaupt nicht gefährdet, etwas von den immer stärker werdenden Tropfen abzubekommen. Doch der Regen lässt sich nicht so leicht abschütteln, die Tropfen werden kräftiger und schneller. Schnell darunter hindurchzufahren gelingt Till nicht mehr und das Thermometer ist innerhalb von 20 Minuten von 32 auf 16 Grad abgesunken. Was für ein Genuss! Der Regen fällt jetzt in so dicken Tropfen, dass der Fahrtwind sie nicht mehr wegschieben kann, und schließlich müssen wir, um das Cabriodach endgültig zu schließen, unerlaubterweise auf den Standstreifen fahren, denn während der hurtigen Fahrt klappt das bei diesem Auto nicht. Endlich wieder mit Verdeck über dem Kopf geht es jetzt wesentlich erholsamer weiter, wie schön. Für den Moment bin ich zufrieden. Das nächste Ziel ist schließlich Meran, da kann man ja nur zufrieden sein. Lediglich einige felsige Teile der Alpen trennen uns noch von unserem zukünftigen Aufenthaltsort. Ich freue mich auf Meran und habe Sissi vor meinem geistigen Auge. Als Kind habe ich diesen Film mit Romy Schneider als Kaiserin Elisabeth mit Tränen der Rührung in den Augen immer und immer wieder gesehen. Wie romantisch und nostalgisch ist diese Vorstellung vom nächsten Reiseziel! Tillmann bestimmt den Weg und so geht es über Sterzing und Ratschings in Richtung Jaufenpass. Als Till mir seinen Reiseplan bei einem kurzen Espresso am Rande einer Apfelplantage und inzwischen angenehmen 25 Grad Außentemperatur vorstellt, stimme ich zu, denn es klingt ganz prima und idyllisch, über Land weiter nach Meran zu fahren. Nicht mehr die surrenden Geräusche der Autobahn, das kann ich mir sehr gut vorstellen. Entspannt lasse ich mein Haupt gegen die Kopfstütze sinken und genieße mein Beifahrerdasein auf der Reise durch die Bergregion. Was ich hier noch nicht ahne, stellt sich doch nach und nach langsam und schleichend ein …

Der Weg wird steil und immer steiler. Es wird eng und immer enger und es wird sehr kurvig auf der Straße, die uns nach Italien führen soll. Plötzlich werde ich unruhig, hebe mein Haupt von der Kopfstütze des Sitzes und stelle fest: Es ist kein Ende in Sicht, im Gegenteil, die Straße schlängelt sich scheinbar unendlich aufwärts und es ist doch erst die Hälfte des Berges erklommen. Wie weit um Himmels willen geht das noch? Oh mein Gott, kann mir jemand helfen …?

In haarscharfen, engen, unübersichtlichen Kurven kommen uns immer wieder andere Verkehrsteilnehmer entgegen. Diese Verkehrsverbindung ist vermutlich schon von den Römern im Jahr 200 nach Christi genutzt worden. Das kann ich mir gut vorstellen, dementsprechend schmal und holprig ist das Ganze hier. Elefanten oder Pferde können hier vielleicht gut passieren, für den modernen Verkehr jedenfalls sind solche Pässe nicht wirklich geeignet. Und trotzdem tummeln sich hier jede Menge Menschen. Die einen mit Motorrädern, die anderen mit Wohnmobilen, die meisten so wie wir mit einem Automobil. Plötzlich erscheint so etwas wie ein Tunnel, in dem uns doch tatsächlich Rennradler entgegenkommen. In letzter Minute ist es möglich, zum Wohle der Zweiräder sowie ihrer Besitzer in Richtung Bergwand etwas auszuweichen und dabei eine ordentliche Delle in den hinteren Kotflügel zu schrammen. Immerhin wurde kein Mensch beschädigt. Nach zehn Kehren, so werden die mehr als haarnadelförmig gebogenen Kurven hier genannt und auch mit Ziffern durchnummeriert, steil bergauf sind wir auf dem Pass angekommen. Innerhalb schlapper 35 Minuten plötzlich auf 2094 Metern Höhe … puh, und die Temperatur ist in der Zeit der wackeligen Auffahrt von angenehmen 25 Grad Sommerkleidtemperatur auf elf Grad Daunenjackenwetter gefallen. Ich steige aus, das machen hier alle Touristen, um das Panorama zu genießen und sich die Beine ein wenig zu vertreten. Meine sind noch etwas stolperig. Die Übelkeit lässt auf Grund der Kälte schlagartig nach und wird durch ein frierendes Bibbern ersetzt.

Tillmann ist in seinem Element und erklimmt mit Riesenschritten die nahen Bergwiesen. In der Ferne jagen zwei Murmeltiere zurück in ihren Bau. Vollkommen zufrieden genießt mein Mann mehrere tiefe Atemzüge frischer Bergluft. Ich tappe mit einer viel zu wenig wärmenden Jeansjacke hinter ihm her zur Edelweißhütte, einer Jausenstube in luftiger Höhe und weit weg von fast allem. Sehr nett von den Betreibern, dass sie hier im Nichts eine Bewirtung eingerichtet haben, das hebt meine Laune auch ein wenig an. Ein Schmalzbrot mit Käse und ein Almdudler muss ich verzehren, das brauchen meine Nerven jetzt. Essen und Trinken hält Leib und Seele zusammen, hat mein Großvater Herrmann immer gesagt, und daran halte ich mich stets. Aus den kleinen Fenstern der Edelweißhütte hat man einen Blick auf die umliegenden Bergwiesen. Das Schöne ist, jedes dieser Butzenfenster eröffnet einem einen anderen atemberaubenden Blick in die Bergwelt. Das ist bewundernswert. Ich beginne mich einzufühlen in die karge Schönheit der Berge und träume so vor mich hin, als mir nach kurzer Zeit des geistigen Abtauchens klar wird: Ich muss hier ja auch wieder runter vom Fels und vermutlich geht das in ähnlicher Form wie der Weg hinauf. Ich verspeise mein Brot, schlürfe durch einen Strohhalm mein Getränk, lehne mich ein wenig zurück, praktiziere für einige Züge ganz entspannte, bewusste Yogaatmung (schließlich habe ich das doch im letzten Yogakurs gelernt), und dann geht die Fahrt hoffnungsvoll weiter.

Kaum zu glauben, aber es geht ebenso steil bergab, und gefühlt sind es jetzt, trotz meiner Entspannungsatmung, doppelt so viele Kehren. Schließlich führt uns die SS 44, die Strada statale, eine italienische Staatsstraße, bis Meran. Endlich am Ortsrand der Südtiroler Sissi-Stadt angekommen, hat mich das Leben wieder. Ich schimpfe ein wenig mit meinem Mann, dass er mir diese Höllenfahrt zugemutet hat.

Er lacht nur und findet, ich hätte meine Passfeuertaufe mit Auszeichnung bestanden, sodass man doch eventuell so ein Abenteuer wiederholen könne, es gebe noch andere interessante Pässe durch die Alpen. Ich schweige mich aus und hoffe, dass die anderen Straßen, die wir bis zu unserem Ziel noch zu befahren haben, weniger spektakulär sein werden. Mir stehen jetzt erst einmal zwei Tage des Durchschnaufens mit und ohne Yogaatmung bevor. Ich werde versuchen, mich im „Irma" genauso in einen bis dato ungewohnten Urlaubsmodus zu bringen, wie mir das im „Cortisen" am See schließlich auch gelungen ist.

Angekommen in „Meisters Irma"
Es liegt zwar schon in Südtirol, sprich in Italien, aber das Hotel Meisters Irma ist etwas so Besonderes, dass ich auch hier, wenn ich schon unterwegs sein muss, gern für ein bis zwei Nächte hereinschaue. Neben Italienisch und Englisch sprechen die meisten Menschen hier Deutsch. Ich kann also in meiner Muttersprache kommunizieren … für mich einfach entspannter. Das „Irma" ist ein sehr persönlich geführtes Hotel der Superlative, mit ganz besonderem, freundlichem und individuellem Service und Komfort. Auf einer Liste der schönsten Orte der Welt sollte Meisters Irma unbedingt einen Platz sowie eine Erwähnung bekommen. Und wenn man einmal in Meran Station macht, muss man das „Irma" besuchen. Es ist zauberhaft im wahrsten Wortsinn und in jeder Hinsicht. In einem außergewöhnlichen Hotelgarten, der im Grunde ein Park ist, mitten in Meran liegt dieses Traumhotel. Hier kann man als Gast ganz klassisch in einem der schnuckeligen Hotelzimmer oder einer großzügigen Suite wohnen. Es gibt aber auch die extravagante Möglichkeit, wie zum Beispiel ein großes gediegenes Baumhaus oder ein üppig originelles Safarizelt zu bewohnen. Alles mit charmantem hoteleigenen Service auf dem urwüchsigen luxuriösen Anwesen, das vom imposanten Bergpanorama der

Südtiroler Alpen umgeben ist. Kräutergarten, Rosengarten, Naschgarten, Außensauna, Solebad, In- und Outdoor-Pool und vieles mehr verzaubern den Gast. Hier bleibt kein Wunsch offen, im Gegenteil, die Wünsche sind bereits erfüllt, bevor der Gast den Gedanken daran hat. Ein Schwanenteich mitsamt der Schwanenfamilie gehört genauso zum Hotel wie ein Igel, der allerdings nur selten zu sehen ist. Die Schwanenfamilie hingegen ist direkt von der Frühstücksterrasse aus zu beobachten. Besonders im Sommer sind die Schwäne eine Attraktion, wenn die Eltern mit ihren Jungen unmittelbar neben den Tischen der frühstückenden Hotelgäste ihren Morgenspaziergang durchführen und neugierig vorbeiwatscheln. Ein bewaldeter Pfad führt vom Hotel aus, sozusagen auf den Spuren der ehemaligen österreichischen Kaiserin Sissi, direkt in die Innenstadt Merans. Ein besonderes Klima zeichnet den Ort aus und dieses Klima wurde in den Zeiten von Kaisern, Königen und betuchten Bürgern zu Heilzwecken genutzt. Oft war es Tuberkulose, früher auch Schwindsucht genannt, die hier ausheilen sollte. Denn erst 1882 entdeckte Robert Koch, der übrigens ganz in der Nähe meiner Heimat Bad Gandersheim, nämlich in Clausthal-Zellerfeld, geboren wurde, den Erreger der Tuberkulose und dann später auch das Gegenmittel. Zuvor waren die Menschen, besonders die ärmeren, diesem Erreger hilflos ausgeliefert. Wer es sich leisten konnte, versuchte in heilklimatischen Orten, wie auch Meran einer ist, zu gesunden … so auch die österreichische Kaiserin Elisabeth, die vermutlich in den 1850er Jahren das letzte Mal in Meran war. Die historische Prominenz der Sissi ist trotz der langen Zeit, die dazwischenliegt, noch sehr präsent. So gelangt man über einen „Sissi-Pfad" fußläufig zu den traditionellen Südtiroler Läden und Gasthäusern. Meisters Irma ist ein Idyll in Meran, einfach unbeschreiblich, wirklich einzigartig, lässt keinen Wunsch offen und ist in jedem Fall eine Reise sowie unbedingt einen Aufenthalt wert.

Unsere zwei Übernachtungen hier haben wir genossen. So werden wir, wie die vorherigen Abreisetage auch, nach einem ausgiebigen Frühstück mit echten Südtiroler Köstlichkeiten auf einer Wintergarten-Dachterrasse mit Rundumblick auf das umliegende Bergpanorama, von einem aufmerksamen Personal verabschiedet, als wären wir alte Stammgäste.

Weiter geht es über Sanremo
Gut gelaunt machen wir uns gegen elf Uhr, nachdem wir ein letztes Mal am Schwanenteich vorbeispaziert sind, auf den Weg nach Sanremo. Denn hier erholen sich seit 14 Tagen Patricia, genannt Pat, und Constantin, genannt Conni, Freunde aus unserer Heimatregion. Sie haben sich erst vor Kurzem ein neues Wohnmobil zugelegt und wollen dies jetzt ordentlich nutzen, indem sie, im Zuge ihres Sabbatjahrs, die Welt bereisen. Ihren ersten Reisestopp machen sie auf dem Campingplatz am Stadtrand von Sanremo, mit einem Stellplatz direkt am Meer. Natürlich statten wir den beiden einen Besuch ab, auch wenn ich das jetzt gar nicht wirklich will. Das ist mir eigentlich zu viel Aktion, zu viel Small Talk und Austausch von albernen, wenig ernst gemeinten und auch unwichtigen Nettigkeiten. Und die vermutlich anstrengende Zeit, die ich dann noch in Saint-Tropez verbringen muss … Mensch, das ist bei Weitem krasser als arbeiten. Aber zu Hause sieht man sich ja so selten, da muss man sich halt auf Reisen einen Besuch abstatten. Till ist natürlich neugierig auf das Womo, und auch diesen Campingbesuch hatten wir, vor vielen Wochen, bei einem spontanen Treffen in der Stammpizzeria, ganz vollmundig angekündigt. Jetzt gilt es, das gegebene Versprechen einzulösen, auch wenn mir zum jetzigen Zeitpunkt eigentlich nicht mehr nach dem üblichen Gequassel ist. Was zur Axt soll man sich denn auch nach sechs Wochen schon wieder erzählen? Wir hatten uns doch praktisch gerade erst bei der letzten Pizza Margherita, Pizza Funghi, Pizza Diavolo und Spaghetti aglio e olio, einem Acqua

Minerale sowie einer Flasche Pinot Grigio ausgiebig ausgetauscht. Hilft aber alles nichts ... Wort geben, Wort halten, lautet die Devise. Auf geht's nach Sanremo. Die Anreise erfolgt über Bozen durch das Piemont ... eine besonders langweilige, eintönige Strecke zieht an uns vorbei. Von Bella Italia weit und breit keine Spur. Trockenes Gras am Straßenrand, hin und wieder ein müder Oleanderbusch, der noch die eine oder andere Blüte trägt ... ansonsten flaches, ödes Land. Das einzige Highlight in dieser unattraktiven Landschaft sind die Autobahnraststätten „Autogrill". Panini mit Mozzarella, Tomate, Basilikum oder mit Parmesan sind köstlich, der Cappuccino natürlich auch. Spätestens alle 25 bis 30 Kilometer kommt einem so ein „Autogrill" entgegen und diverse Stopps bei diesen Gourmet-Raststätten vertreiben mir die Langeweile. So essen und trinken Tillmann und ich uns Kilometer für Kilometer vorwärts. Nach dem fünften Panini und dem siebten Cappuccino wird die Landschaft, die wir durchfahren, endlich etwas interessanter. Wir durchqueren Ligurien. Nicht nur die Warenauslage auf den Raststätten, nein, hier ist auch die Landschaft attraktiv ... eine schöne Strecke, die spektakuläre Aussichten in tiefe Schluchten und steile Bergmassive bietet. Die Ingenieurskunst an Brücken und Tunneln einer solchen Autobahn, die durch raue Gebirgsformationen des italienischen Nordens zieht, ist beeindruckend. Meisterhaft spektakuläre, in die Höhe gebaute Straßenverbindungen, welche die Tiefen der Felswände überwinden, wechseln sich mit langen Tunneln ab und bieten Eindrücke der ganz besonderen Art. Nicht immer kann ich in die Tiefen hinunterschauen, sonst wird mir übel. Zu viel spektakuläre Landschaft ist dann auch wieder nicht richtig. Nach sechs Stunden Autofahrt durch Italien, inklusive zahlreicher, wenn auch meist kurzer Cappuccino- und Panini-Pausen bei fast allen „Autogrill"-Stationen am Wegesrand, erreichen wir Sanremo. Während wir noch mit langen Hälsen vor dem Eingang des Campingplatzes stehen und Ausschau halten, kommen Pat und Conni uns schon mit Fahrrädern entgegen und lotsen uns direkt durch die Schranke zu ihrem Refugium. Für eine halbe Stunde müssen wir nun ihr ziemlich großes Wohnmobil von innen und außen bestaunen … welche Abdeckplane welche Sonneneinstrahlung vermeidet … wo, wann, welche Klappe aufgeht, damit sich dann wiederum eine andere schließen muss und man dadurch irgendeines der luxuriösen Haushaltsgeräte, sogar Eismaschine ist an Bord, nutzen kann. Wann man Brauchwasser wo auffüllt und welche Batterie wann und wo geladen werden muss, damit bei diesen Temperaturen, 35 Grad im Durchschnitt, die Klimaanlage einen nachts schlafen lässt. Puh … ich glaube, ich will kein Wohnmobil … das ist ja richtig Arbeit. Und wozu braucht man in Italien, dem Land der Eismacher, eine Eismaschine im Wohnmobil? Gut, so ist das Leben, jeder hat andere Prioritäten. Den noch folgenden Abend verbringen wir mit Pat und Conni in dem urig schlichten Restaurant des Campingplatzes. Ein solch unterdurchschnittliches Gasthaus hätten die beiden und auch wir in der Heimat zwar vermieden, in einem Urlaub in Sanremo wird es aber wie ein Sternerestaurant gelobt. Ist es die viele Sonne, die den Menschen den Verstand raubt, oder wie kommen sie dazu, im Urlaub alles toll zu finden und zu Hause dauernd zu mäkeln? Um mir und den anderen die Laune nicht zu verderben, stelle ich die Frage nicht laut, und wir vier lassen es uns bei Pizza und leckerem italienischen Wein recht entspannt gut gehen. Über das, was mir hier gar nicht gefällt, schaue ich einfach mal großzügig hinweg. Bevor wir jedoch weiterfahren, machen wir für eine Nacht Station, und zwar auf dem Campingplatz Sanremo.

Für Gäste wie Tillmann und mich, die weder Zelt noch Wohnwagen dabeihaben, weil sie ja mit einem Cabrio unterwegs sind, gibt's kleine und doch, erstaunlicherweise, ziemlich komfortable Wohncontainer, die wie kleine.

Flachdachbungalows auf dem Campingplatz stehen Das ist genau das Richtige für meinen Mann, der ja meint, „basic" unterwegs sein zu müssen. Tillmann lässt es sich oftmals richtig was kosten, damit niemand merkt, was es gekostet hat. Und darum wird jetzt auch schnell so ein würfelförmiges kleines Ding für viel zu viel Geld gemietet. Der komfortable Schuhkarton in groß hatte tagsüber, wie alle anderen Zelte, Wohnwagen und Schuhkartons, die komplette Sonneneinstrahlung. Auch die gute Idee des Campingplatzbetreibers, den hübschen Würfel mit einem schicken Sonnensegel teilweise zu überdachen, wertet ihn optisch noch einmal auf, schützte ihn aber nicht wirklich vor der totalen Aufheizung. Ein Backofen wäre direkt neidisch geworden. Das Ding ist aus Sperrholz mit einer Kunststoffinneneinrichtung aus einem Block und schließlich kein bisschen isoliert. Also herrschen hier im Inneren höhere Temperaturen als draußen. Hilfe … das ist ja das, was ich jetzt überhaupt nicht brauche, der Tag an sich war anstrengend genug. Ich möchte mich ausruhen und selig schlummern, in halbwegs kühler Atmosphäre. Zum Glück zeigt uns die Servicedame, die uns den Hüttenschlüssel überreicht, eine Klimaanlage, und die schafft doch tatsächlich etwas Abhilfe. Anfänglich bin ich optimistisch, dass die Nacht darin zu schaffen sein müsste. Doch das Fazit: zehn Stunden ausführlicher Schlafversuch mit angestrengt surrender Klimaanlage, genauer: zwei Stunden schlafen, dann mit eingefrorener Nase und Ohren aufwachen, daraufhin das brummende, pustende Etwas ausstellen, was wiederum bedeutet, nach weiteren zwei Stunden Schlaf schwitzend aufzuwachen, und so weiter … So wache ich nach einer On-Off-Beziehung mit der Klimaanlage morgens schwitzend und etwas übellaunig auf. Es bleibt keine Zeit, dieser Laune länger nachzugehen, denn die lieben Freunde Pat und Conni erwarten uns zur Verabschiedung noch einmal an ihrem Wohnmobil. Von den beiden Herzchen, das sind sie wirklich, werden wir mit lecker servierten Früchten und Espresso verabschiedet. Nach 37 ausführlichen und auf Echtheit geprüften Beteuerungen, wie gut mir alles gefallen hat, verabschieden wir uns dann wirklich und starten nun endlich nach Saint-Tropez.

Nun aber auf nach Saint-Tropez!
Drei Minuten nachdem wir den Campingplatz verlassen haben, geht es auf der stadtauswärts führenden Straße eng, steil und kurvig in die Höhe. So nah am Mittelmeer und dann diese bergigen Höhen … Wahnsinn! Und was den Menschen bautechnisch so einfällt, wenn sie in einer Bergregion (flache, ebene Stellen sind hier Mangelware) wohnen wollen, ist ebenfalls der Wahnsinn. Welch kleinster Raum hier zwischen Hauseingängen und kleinen Felsüberhängen genutzt wird, um etwa eine Tomatenstaude zum Tragen von Früchten zu bringen! Welch kleinster ebener Fleck ein Stellplatz für ein Auto wird oder etwa einen Esel grasen lässt, das ist kaum zu glauben und für einen geborenen Flachländer wie mich (im südwestlichen Harzrand kann man ja höchstens von Hügeln sprechen) Schwindel erregend! Hoch hinauf führt uns die schmale Strada Capo Nero. Mit all ihrer Schönheit, ihren Kuriositäten und ihren reichlich engen spektakulären Haarnadelkurven lässt sie uns gelegentlich den Atem stocken. Spätestens dann, wenn Gegenverkehr völlig unerwartet um einen uneinsehbaren felsigen Vorsprung hervorkommt und man dann auch noch einem an die Hauswand gepressten parkenden Fiat 500 ausweichen will, ist es reine Glückssache, wenn die beiden Umstände wiederum nicht zu einer Kollision führen. Immer weiter müssen wir der Capo Nero folgen, die uns schließlich ganz nach oben und danach direkt zur Autobahn A 10 trägt. Auf der A 10 geht's plötzlich und vergleichsweise flott geradeaus, in Richtung Nizza. Lediglich die kleinen Mautstellen, bei denen man nie weiß, ob sie einem

nun ein Ticket ausspucken, die Kreditkarte einziehen oder direkt Bargeld von einem wollen, bremsen die Fahrt gelegentlich. Die italienische A 10 oder SS 717 mündet an der Grenze, kurz hinter Ventimiglia, in die französische A 8. Die wiederum führt uns direkt bis Nizza. Nach der tollen, eher sanften Berg-und-Tal-Autobahnfahrt säumen nun Felder teils mit Sonnenblumen, teils mit Wein die Straße. Der Duft von Zedern, Pinien und Zypressen, die sich in ganzer Schönheit in der Landschaft zeigen, ist allgegenwärtig. In der vor Hitze schwirrenden Luft hören wir überall, wie eine akustische Daueruntermalung, die Grillen zirpen. Unsere Fahrt setzen wir auf der Promenade des Anglais fort. Wobei das Wort Fahrt hier eigentlich keine Verwendung finden dürfte. Es ist eher so etwas wie eine Art Kurzparkveranstaltung, was wir sowie alle anderen Beteiligten hier mit dem Auto veranstalten. Die Promenade führt uns überwiegend am Meer entlang. In der dicht bewohnten Region der Mittelmeerküste, mit zusätzlich vielen Urlaubern, nutzen ausgesprochen viele Menschen den gleichen, sprich diesen Weg. Und so befindet man sich zwischen Nizza und Saint-Tropez eigentlich immer im Dauerstau.

Über Antibes, Fréjus, Sainte-Maxime hangeln wir uns stop by stop dem Ziel entgegen. Bisher war das Autodach geschlossen, wie die meisten letzten Tage, denn mein lieber Ehemann hat sich einen Sonnenbrand auf der Nase zugezogen. Nun hat er ganz geschickt die kurze Pause im Stau genutzt, um das Cabrio zu öffnen. Der Nasensonnenbrand ist schließlich nicht wichtig und so ein Cabrio will anständig genutzt sein, dafür hat man es schließlich. Und wenn nicht an der Côte d'Azur, wann denn wohl sonst? Die Kraft der Sonne knallt mit aller Unerbittlichkeit auf uns herunter. Nach einer halben Stunde ohne Kopfbedeckung (die Mütze liegt sinnigerweise im Kofferraum) fühle ich mich, als hielte mir jemand ein Brennglas auf den Kopf, so wie wir es früher in der sechsten Klasse immer mal gemacht hatten, zum einen um Fräulein Ziegenbein, unsere damalige Lehrerin, die alte Schachtel, vom zäh gestalteten Biounterricht, von Biene und Ameise oder auch der langweiligen Zellteilung abzulenken. Zum anderen, um die aufdringlichen Streber unserer Klasse, die sich aber auch bei jeder Frage um eine Antwort drängten, etwas in Schach zu halten. In meinem Fall lenkt mich das gefühlte Brennglas allerdings nicht ab, es bringt mich einer Ohnmacht nahe, was dann ja im Grunde auch wieder einer Ablenkung gleichkommt. Ich spüre praktisch einen Brennpunkt in der Größe eines Zwei-Euro-Stückes auf der Kopfhaut. Ich weiß nicht, ob da später noch Haare wachsen wollen. Und die Temperaturen klettern weiter … kaum zu glauben, dass das noch möglich ist. Ich dachte, diese Wetterwerte kommen lediglich in der Westsahara vor … Dabei ist die Fortsetzung unserer Fahrt weiterhin ein müdes Voranrücken. Der flirrenden Hitze, die so völlig ungestört über unserer Motorhaube aufsteigt, können wir zusehen, denn es gibt leider nur selten die Möglichkeit, sich voranzubewegen und damit einen leichten Lufthauch zu erzeugen. Ich nutze das Stehen in der Autoschlange, um meine Kopfbedeckung aus dem Kofferraum zu holen. Einmal fix aus dem Auto gesprungen, die Kofferraumabdeckung geöffnet und – schwups! – die Mütze bedeckt das Oberstübchen. Um Schultern und Oberarme habe ich bereits eine Jacke geschlungen, um sie vor der Sonnenbrandgefahr zu schützen, aber nun auch noch eine Mütze auf dem Kopf, das ist mir ehrlich gesagt zu warm und zu viel Aufwand für den Oben-ohne-Effekt des Gefährts. Beherzt greife ich zum Schaltknopf, der den Dachmechanismus bedient … und siehe da, das Dach geht zu, und zwar augenblicklich; die Klimaanlage drehe ich bis zum Anschlag hoch. Tillmann blickt erstaunt zu mir und lässt mich schließlich, vermutlich wegen Mangels an Argumenten, kommentarlos gewähren. Die Technik des Autos ist nun gefragt … sie muss jetzt sowohl den warm laufenden Motor des Fahrzeugs im äußeren Bereich kühlen und unsere Köpfe im Innenraum auch. Das tapfere Auto schafft den Drahtseilakt und verlässt uns mit all seinen Wunderfunktionen nicht. Für die letzten 180 Kilometer unserer Reise benötigen wir weit mehr als vier lange Stunden. Die Blechlawinen haben sich schlussendlich, mit uns mittendrin, mühsam vorangeschoben und wir erreichen unser Ziel für die nächsten fünf Nächte, das Hotel „Les Capucines", das wir noch von zu Hause aus gebucht hatten. Es liegt ganz kurz vor dem Stadtzentrum von Saint-Tropez, in der Allée Domaine du Treizain.

Moorea und die Altstadt
Während wir uns noch unterwegs im nervigen Dauerstau befanden, hatten uns Bo und Frederik mehrmals ganz aufgeregt angerufen, wo wir denn blieben, sie warteten bereits am angesagten „Moorea Beach", in Chemin des Moulins. Ich konnte die beiden nicht abwimmeln, all meine Ausredeversuche, dass wir im Stau stünden und überhaupt nicht abzusehen sei, wann wir überhaupt noch irgendwo ankämen, halfen nichts. Bo ließ sich nicht von ihrem Vorhaben abbringen. Alle zehn bis 15 Minuten ein neuer Anruf … stets mit der gleichen Frage: „Wann seid ihr endlich da?" Und in solchen Momenten merkt man deutlich, dass sie keine Kinder hat, sie benimmt sich selbst wie eines … Das fehlt mir jetzt noch … Ich fühle mich klebrig und stinkig, mein Kopf saust und ich soll gleich schon wieder aufgerüscht in einer Strandbar erscheinen. Muss das sein? Ja, es muss sein, beschließt mein Mann. Also heißt es, kurz im Capucines einchecken, Koffer aufs Bett werfen und ohne Dusche, dafür mit einer guten Dosis Eau de Toilette direkt ab zum Strand. Bo und Frederik stehen bereits seit einer guten halben Stunde in der prallen Sonne am Eingang des Moorea Beach Clubs und warten auf uns. Ich weiß nicht, wie man so viel Sonne auf dem Kopf verträgt, aber vielleicht hat es ihnen ja das Hirn auch

schon bei einem der früheren Aufenthalte weggeschmort. Ohne Hirn ist es im Grunde genommen viel einfacher, da macht man sich einfach keine Gedanken mehr. Nicht nur die beiden warten hier, sondern auch drei Security-Jungens, braun gebrannt, mit gegeltem Haar und verspiegelter Sonnenbrille. Sie sorgen dafür, dass nur die richtigen Besucher Zugang bekommen, Ordnung muss halt auch in einer Strandbar sein. Bussi rechts, Bussi links, und schon geht's rein … Cool tun ist hier Programm und ich bin ja durch meinen Aufenthalt, der zwar nun weit über 20, knapp 30 Jahre zurückliegt, gebrieft! Ich tue cool und gefalle mir … wow … sensationell … Es ist eine Mischung aus Therapie und Selbsterfahrung. Bo trägt eine lange weiße, transparente Häkelhose, wodurch ihr kleiner Stringtanga zu sehen ist, und ein weißes Häkelshirt, welches sich über ein Bikinioberteil schmiegt und die in die Jahre gekommene Haut nur an wenigen Stellen durchschauen lässt. Fredi trägt, wie alle Herren hier, eine knielange blaue Bermuda und ein weißes Poloshirt mit kleinem Label auf der Brust. Im Strandrestaurant, dem sich weiter vorn der dazugehörige Sand und dann auch das Meer anschließt, angekommen, geht es direkt zu dem Tisch, den die beiden für uns vier reserviert haben und an dem sich fünf junge Bedienungen um unsere Wünsche kümmern. In diesem Moment merke ich wieder: Essen und Trinken hält Leib und Seele zusammen! So ist es … Wie gut der frische Salade Niçoise mir tut … der gesamte Stress der Fahrt fällt von mir ab.

Ein Schlückchen vom französischen Roséwein und die aufgeregte Enge der Strandbar wird erträglich. Die Menge der Menschen sowie die Wahnsinnshitze treten für einen Moment in den Hintergrund. Beim genaueren Ansehen einiger der Barbesucher, die sich hier tummeln, erkenne ich leere Blicke, die sie ins Nirgendwo zu richten scheinen. Sie sitzen leger auf ihrem Hocker und halten die Rolex oder die Hublot ins Bild oder stehen lässig an den Tresen gelehnt, die große „Never full" von Louis Vuitton über der Schulter.

Sie scheinen allerdings auf der Suche … vielleicht so wie ich … vielleicht nach dem, was das Leben wirklich ausmacht … nach dem, was den Unterschied darstellt, nach dem, was erfüllt und rundum beglückt … nach dem Gesehenwerden, mit all seiner echten Schönheit, auch ohne Make-up, ohne teure Uhr oder Luxustasche. Wer weiß …? Nachdem ich mit feucht werdenden Augen und rein gedanklich über mein Leben und das der anderen philosophiert habe, muss es nun aber auch schon wieder weitergehen. Urlaub ist eben kein Ponyhof, Urlaub fordert schließlich … zumindest in Begleitung von Bo und Fred. Die Tische am Moorea Beach werden im Zwei-Stunden-Rhythmus vergeben. So müssen wir, nach leckerem Essen und unserem Spiel „Sehen und gesehen werden", gegen 16 Uhr schon wieder aufbrechen. Ich freue mich auf eine Dusche und etwas Ruhe im Les Capucines. Doch meine Freude wird im Sprung erschlagen, denn Bo hat für den Abend schon wieder etwas in Saint-Tropez' Altstadt gebucht, bei Madame Ayala, genauer gesagt im Restaurant „L'Aventure", in der Rue de Portal 31. Ayala ist die Chefin, und der Ruf, die beste Gastgeberin von Saint-Tropez zu sein, eilt ihr voraus. Angeblich kocht sie ganz und gar selbst. Na, da bin ich gespannt, was das nun wieder ist. Im Moment fühle ich mich erschlagen von den vielen Eindrücken, der schwülwarmen Luft und der dabei einzuhaltenden Körperspannung sowie dem coolen Gesichtsausdruck. Ich kann mir nicht vorstellen, in drei Stunden schon wieder mit anderem Outfit frisch und munter in das nächste Restaurant zu rasen. Das bedeutet in der Enge auf Saint-Tropez' Straßen und der Entfernung vom Vororthotel ja auch immer wieder: Rein ins Auto und sich mitsamt der Blechkarosse durch die Staus zu zwängen. Urlaub und Entspannung gehen doch eigentlich anders. Mitgefangen, mitgehangen … und so nehme ich, im Hotel angekommen, erst einmal eine ausgiebige Dusche, werfe mich, in ein Badehandtuch geschlungen, auf die Tagesdecke, die unser Bett verhüllt, und versuche zu ruhen. Was mir nicht gelingen will. Die Geräuschkulisse in der bergigen Region ist nicht gering, das Leben pulsiert, allerorts ist es laut, stark temperiert sowieso und doch auch auf eine amüsante Art lebendig. Entspannung Fehlanzeige ... Der Kopf rauscht, sosehr ich mich auch bemühe abzuschalten. So werfe ich mich nach 45 Minuten Liegezeit erneut in einen Tropez-tauglichen Fummel, den ich aus einem noch immer nicht ausgepackten Koffer einfach herausziehe, nämlich bunte Flatterhose und Trägertop mit High Heels. Etwas Lippenstift und Wangenrouge werten das alles zusätzlich auf, und ab geht es zu Ayala, in eine der zauberhaften ursprünglichen Gassen von Saint-Tropez, wie sich jetzt herausstellt. Das sind die Stellen, die den kleinen Ort so besonders machen. Hier ist das mediterrane Leben in seiner Vielfalt wirklich zu finden. Einheimische Anwohner, junge Rucksacktouristen, Künstler und die, die sich dafür halten, treffen sich in dieser einzigartigen Altstadt mit ihren teils steilen, engen und dadurch kommunikativen Gassen. Die Tische der Restaurants, auch die vom „L'Aventure", stehen an die Hauswand gedrückt, mal etwas abschüssig, mal terrassenförmig, aber immer sind sie stilvoll mit weißen Tischdecken, entsprechendem Besteck sowie den dazugehörigen Gläsern eingedeckt. Das schafft ein Ambiente der Gegensätze, wie sie vermutlich nur in Saint-Tropez und nirgendwo anders zu finden sind und bei denen man meinen könnte, es gibt ihn, diesen einen Ort, an dem mehr oder weniger Wohlhabende, Jüngere und Ältere neidlos miteinander sein können und diese Andersartigkeit des Gegenübers sogar genießen. Ayala kocht zwar nicht selbst, aber das Essen ist ganz vorzüglich. Nicht überfrachtet mit irgendwelchen schweren Soßen und Zierrat, nein, ehrliche schmackhafte französische Küche. Nebenbei ist sie rührend um jeden ihrer Besucher bemüht und stets präsent an den Tischen, um ihren Gästen die Wünsche zu erfüllen, möglichst schon bevor diese geäußert werden.

Ein besonders liebenswerter Teil von Saint-Tropez und letztlich von ganz Frankreich. Nach unserem Essen zu viert, bei dem stets Bo die Wortführerin war und wir uns zum 193. Mal anhören mussten, wer hier wo und wie wichtig ist und wen sie in den zwei Tagen vor unserer Anreise schon alles gesehen habe, teilte sie uns mit, dass wir morgen unbedingt den ganz besonderen „Club 55" besuchen müssten! Denn sie hätte vor Wochen bereits, noch von Deutschland aus, den letzten freien Tisch reserviert. Tillmann und ich schlurften langsam durch die schmalen Gassen, um uns zuerst einmal in Richtung Auto und damit dann in Richtung Hotel zu bewegen. Jetzt kam von Bo der Einwand: Um diese Zeit, 1.30 Uhr nachts, müsse man unbedingt noch einmal eine Runde am Hafen entlanggehen und einen kleinen Absacker in irgendeiner Bar zu sich nehmen. Okay, warum nicht? Gehen wir in eines der kleinen Bistros am Hafen … Auf dem Weg dorthin kamen mir die witzigen Ereignisse von unserem ersten Aufenthalt vor rund 30 Jahren in Erinnerung. Bei dem Urlaub hatten Till und ich in einem urigen Café unter grünen Markisen auf rot lackierten Regiestühlen gesessen. Alle Stühle waren mit Blick in Richtung Hafenbecken gedreht. Von hier aus war es möglich, sowohl die vorbeiziehenden Menschen als auch die edlen, teuren Autokarossen auf der Suche nach einem Parkplatz sowie die Besitzer auf ihren Luxusschiffen, die in der kleinen elitären Hafenbucht von Saint-Tropez ankerten, zu beobachten. Auf kleinster Fläche tobte hier ungeheuer gegensätzliches Leben und sicher auch die unterschiedlichsten Lebensentwürfe. Auf einen Cappuccino oder einen Noisette am Hafen wollten wir Fred und Bo also gern begleiten.

Doch wir waren erstaunt, nichts von dem, was wir an Lebendigkeit in Erinnerung behalten hatten, war da, es sah jetzt ganz anders aus als bei unserem letzten Besuch. Der Terroranschlag in Nizza im Juli 2016 hat auch hier in dieser überschaubaren, eigentlich kleinen Welt seine Spuren hinterlassen.

Das Hafengebiet ist mit Schutzpollern und Polizisten abgeschirmt. Man kann nicht mehr so einfach hindurchfahren. Selbst die teuerste, edelste Luxuskarosserie muss vor dem Poller haltmachen. Die Menge der Abend- und Nachtflanierer hat sehr stark abgenommen, die Atmosphäre ist längst nicht mehr so entspannt wie in den 1980er Jahren. Die kleinen Bars am Hafen sind um diese Zeit fast leer. Bo und Fred hatten allerdings auch nicht die Cafés im Visier, nein, sie wollten uns in eine Disco schleppen und führten das auch, auf Grund mangelnder Gegenwehr, da wir noch viel zu sehr mit dem Kontrast zwischen unserer romantisch verklärten Erinnerung und der sichtbaren Realität beschäftigt waren, knallhart durch. Und so landeten wir im Club „Tsar", in der Allée du Quai de l'Epi. Hier tummelt sich die hippe Jugend von Saint-Tropez. Das geschätzte Durchschnittsalter liegt zwischen 18 und maximal 30 Jahren. Wir vier bringen den Durchschnittsalterswert deutlich nach oben. Das muss doch aber nicht sein! Zwar ist es auf der einen Seite bedauerlich, dass man mit zunehmendem Alter keine adäquate Anlaufstelle in einer Bar oder zum Tanzen mehr findet. Aber sich mit Mitte 50, Bo und Fred sogar Mitte 60, noch in Discos aufzuhalten, in denen nur die ganz Jungen verkehren, und dann aus lauter Verlegenheit auf einem Barhocker Löcher in die Luft zu gucken, finde ich auch nicht erquicklich. Nun ja, auch das Szenario haben wir letztlich, zwar widerwillig, überstanden und sind endlich um drei Uhr nachts bei noch immer 26 Grad Celsius zurück in der Oase der relativen Ruhe, in unserem Hotel Les Capucines. Da das Zimmer nicht über eine Klimaanlage verfügt, vergeht etwas Zeit, bis wir einschlafen. Am nächsten Morgen wachen wir dafür auch erst um zwölf Uhr mittags auf. Die nette Chefin vom Capucines hält selbstverständlich, trotz der fortgeschrittenen Stunde, ein Frühstück für uns bereit. Im weitläufigen hinteren Teil des schönen großen Hotelgartens kann man unter den üppigen Pinien mit ihrem schirmartigen Wuchs dem Trubel der Stadt eine Zeit lang entfliehen.

Das ist ganz wunderbar und auch immer mal wieder notwendig, sonst verliert der Begriff Urlaub vollends seine Berechtigung. Aus unserem Zimmer haben wir zusätzlich einen Ausblick auf die Promischiffe, die vor der Bucht von Saint-Tropez ankern.

„Club 55"

Um 14 Uhr ist Mittagessen im „Club 55" am Boulevard Patch angesagt. Nach dem späten Frühstück also wieder direktes Aufrüschen für die Nebenschauplätze des Lebens, aber auch gegen das Landei-Image. Bereits auf der Einfallstraße zum Club herunter beginnt ein Stau. Der entsteht, weil die Parkplätze zum überaus begehrten Etablissement bereits voll sind. Die Fahrzeuge der Gäste werden vom eigens dafür abgestellten Personal eingewiesen. Bo und Frederik fahren an der anstehenden Autoschlange vorbei, direkt zu zwei braun gebrannten Herren, selbstverständlich mit gegelten Haaren. Fred winkt mit einem blauen Schein, wahrscheinlich eine 20-Euro-Note, aus dem Fahrerfenster, spricht ein paar kurze Sätze in seinem überaus laienhaften Französisch, und – schwuppdiwupp! – einer der beiden netten muskulösen Herren winkt Brummhase und Schneemüller durch zu einem sandigen Abstellplatz. Sein Kollege wurde scheinbar entsprechend instruiert und läuft nun auf uns zu, und – wer hätte es gedacht? – auch wir dürfen an wichtigen großen Limousinen vorbeifahren und werden anschließend eingeparkt. Tillmann gibt dem Wagenparker einen kleinen grünen Schein, also fünf Euro, brabbelt ein paar zauberhafte Mercies und Merci biens, dafür steht unser Cabrio nun in der ersten Reihe auf einem Schattenplatz, und wir Mädels machen uns in Begleitung unserer zauberhaften Ehemänner auf den Weg ins Strandrestaurant des Clubs. Die Männer haben es mit ihren Sneakers wesentlich einfacher, die Strandbar zu erreichen. Bos Pantoletten mit Brikettsohle lassen den Anmarsch zum Restauranttisch zu einer Herausforderung für die Fußgelenke werden.

Mehr oder weniger Prominente, bekanntere Stars und kleinere Sternchen laufen durchs Bild. Einige wenige Naturschönheiten buhlen hier mit künstlich modifizierten Wangenknochen und sehr exponierten Schlauchbootlippen sowie Echthaarverlängerung und hochgeschnürten Silikonbrüsten um die Gunst der Blicke und die Klicks der Kameras. Einige Nasen sind mit Hilfe der Schönheitschirurgie so klein geworden, dass den großen Sonnenbrillen fast der Halt mitten im Gesicht fehlt. Der Club ist Bühne für die Sternchen, die Sternchen sind wichtig für den Club, der eine wertet hier den anderen auf. Es bedient sich wechselweise. Ich glaube kaum, dass irgendwo anders die Lücke zwischen Schein und Sein so groß klafft wie hier und trotz alledem hat diese Show etwas sehr Faszinierendes … So viel Glamour, Designerrobe und Getue auf kleinstem Raum, das ist der Hammer!

Über sehr knappen Bikinis an großen schlanken Frauen hängen lässig drapierte großmaschige Netzkleider oder transparente Kimonos; die Füße schmücken hohe Korkpantoletten mit Plateausohle und man gibt sich betont lässig. Das Brustbein gehoben, der Hinterkopf sanft in den Nacken geworfen, die Haarverlängerungen fliegen über die Schultern. Der Blick wird nicht fokussiert, sondern durch die Menschenmenge hindurchgeschickt.

Da spiele ich mal mit … sich kühl und distanziert geben geht doch einfach … oder? Ich bin nicht der Typ des Minihäkelbikinis und Netzkleides, stattdessen versuche ich es mit einem schwarzen ärmellosen Minietuikleid, mit halbhohen Sommerstiefeln, reichlich buntem Geschmeide, das ich mir um den Hals geworfen habe, und einer knallig grünen Spiegelglas-Sonnenbrille auf der Nase. Die Halswirbelsäule strecke ich lang, die Schultern nach hinten und das Kinn ganz leicht in Richtung Brust … das ist der Anfang meines coolen Looks. So, nun der Blick: Eine Augenbraue (bei mir klappt das gut mit der linken) ein ganz klein wenig anheben, die

Nasenflügel auch einen halben Millimeter nach außen heben und dann, leicht desinteressiert, über die Köpfe der Menschen hinwegsehen. Das funktioniert in diesem Fall (bei meinen 164 Zentimetern) nur deswegen gut, weil die Clubgäste überwiegend sitzen und der Beachclub etwas abschüssig zum Strand hinunter eingerichtet ist. Super ... ich klopfe mir gedanklich auf die Schulter, ohne dabei meinen extravaganten Ausdruck zu verlieren. Ich hab's, glaube ich, geschafft. Zumindest fühlt es sich so an. Ich, als Landei aus einem kleinen Ort in der Nähe von Bad Gandersheim, laufe hier zwischen eventuellen Promis hin und her und fühle mich großartig, wenn da nicht diese Enge und diese Hitze wären ... 38 Grad Celsius im Schatten und der Abstand zum Nachbartisch lediglich eine Unterarmbreite. Heimlich greife ich in den Champagnerkühler vom Nachbartisch und werfe mir flugs und unbemerkt eine Handvoll halbgeschmolzener Eiswürfel ins Dekolleté. Ich muss mich vor Überhitzung, angetrieben von der Sonneneinstrahlung und zusätzlich unterstützt vom Dichtestress, schützen. Mann, Mann, Mann ... meine Neigung zu Panikattacken flackert auf und macht sich wieder einmal ganz sanft bemerkbar ...
Aber das Universum hat für mich gesorgt, wir bekommen einen Tisch am Rand des Clubs mit einer Wasserverneblungsanlage direkt neben uns zugewiesen. Das versprühte Wasser, welches rundherum aus Nebeldüsen im Sekundentakt und stoßweise vom Strohdach sprüht, soll verdunsten (tut es auch) und den Gästen etwas Kühlung verschaffen. Puh, immerhin ... es bringt tatsächlich ein wenig Frische. Ich hoffe, dass meine Biowimperntusche an Ort und Stelle bleibt, und versuche meine innere Ruhe wieder über die bewusste Yogaatmung zu finden. Es klappt, vier bewusste Atemzüge und mein panischer Fluchtinstinkt lässt nach und auch die Wimperntusche scheint, die ihr zugedachte Aufgabe zu erledigen. Aber was ist mit dem Haupthaar? Meine Frisur beginnt sich bei diesen feuchtwarmen Dampfstößen nach und nach zu einem Afrolook zu entwickeln.

Ich spüre förmlich, wie sich jedes einzelne Haar aufgefordert fühlt, sich langsam zu ringeln und nach oben zu schieben. Bei Rotblond ist eine solche Frisur nicht wirklich kleidsam, denn die Haare entwickeln sich zu einer Art krausem Stroh. Und doch geht es mir als rotblondem „Jimmy Hendrix" wesentlich besser als unserer lieben Freundin Bo. Denn sie wird mit ihrem durch Spray und Festiger aufgeputschten und vom Grund her sparsam vorhandenen Haupthaar zum Modell „Nasser Hund". Ihr sehr zartes Haar verliert jeglichen Halt und legt sich nach und nach, durch besagten Sprühnebel aktiviert, sehr glatt am Kopf nieder. Zwei kleine Ohren schauen rechts und links zwischen platten Haarsträhnen hindurch. Ich denke an Monchichi, das Lieblingsspieläffchen meiner Kindheit. Oder auch an Modell Schrumpfköpfchen, denn Bo hat einen auffallend kleinen Kopf, der sonst durch das hochgepuschte Haar nicht ganz so winzig wirkt, doch nun ganz klar zum Vorschein tritt. Durch den Stress, den auch sie im Club zu verspüren scheint, legt sich ihre Gesichtshaut in ein ziemlich strukturiertes Faltenplissee. Wie unschön, ich muss aufpassen, dass ich meine Coolness nicht verliere und aus einer gewissen Schadenfreude heraus, denn hier kommt ihre nackte Schönheit ans Licht, laut los lache. Da ich jedoch mit meinem eigenen Ich zu tun habe, vergeht der Gedanke ans Lachen recht schnell und ich setze mich, in Beobachtungsposition, aufrecht hin. Während nun Ingeborgs und meine Frisur praktisch im Minutentakt den Geist aufgeben, verleiben wir uns ein recht durchschnittlich schmeckendes Essen für einen viel zu hohen Preis ein.
Der Tisch im „Club 55" wird in einem Ein-bis-vier-Stunden-Takt vergeben. Brummhase und Schneemüller hatten für zwei Stunden reserviert, danach müssen die Gäste, also auch wir, das Etablissement artig wieder verlassen, um den nächsten, in der Regel bereits wartenden Gästen, Platz zu machen. Für Bos Frisur war dieses Arrangement von zwei Stunden Aufenthalt im Clubrestaurant exakt die richtige Taktung.

Es war gerade noch rechtzeitig, um das Arrangement auf dem Kopf bis zum Parkplatz als eine Art Wet-Look-Frisur zu erhalten. Als Modell „Kleiner nasser Hund Monchichi" und Modell „Fast Jimmy Hendrix in Rotblond" kehren Bo und ich mit unseren Männern zum Parkplatz, also zu den Autos, zurück und bekommen von den Wagenparker-Jungens die Fahrzeuge zur direkten Weiterfahrt mit laufendem Motor und aufgehaltenem Wagenschlag bereitgestellt. Mit einem freundlichen „Au revoir" verabschieden sie uns und wir schweben von dannen.

Auf seiner Homepage wirbt der Club damit, dass der Gast nicht König, sondern Freund sei. Und mit seiner Lage direkt am Meer bietet diese Lokalität eine besonders lässige Weltenbummler-Atmosphäre. Einige Promis liegen mit ihren Jachten an der Küste, dicht vor der Strandbar, und besuchen sie mit den Beibooten vom Schiff aus. Das Interieur und das frische, hochwertige Essen sind gute Gründe, die dafür sprechen, dieses Clubrestaurant einmal zu besuchen. In den 1950er Jahren wurde der sehr berühmte Film „Und immer lockt das Weib" mit Brigitte Bardot hier gedreht. Von diesem jahrzehntealten Mythos lebt das Etablissement nicht zuletzt bis heute. Auch einige Reliquien bzw. der Rest des Bootes aus dem Film sind noch zu besichtigen. Und trotzdem, trotz dieser historischen Noblesse, tut sich mir die Frage auf: Wie kommen erwachsene, gut betuchte Menschen dazu, sich bei 38 Grad Celsius in kilometerlangen Autoschlangen aufzureihen, um sich dann, nachdem man ihnen ihr Auto abgenommen und auf einen überfüllten Parkplatz geschoben hat, erneut in lange Reihen zu stellen, um jetzt wiederum im Zwei-Stunden-Takt dicht an dicht ihr Essen unter einem Strohdach einzunehmen? Wären es nicht Menschen, sondern Hühner, hätte die Tierschutzorganisation „Peta" längst Protest eingelegt, um eine viel zu enge Käfighaltung zu beklagen. Die Menschen hier allerdings, ich nun mit dabei, bezahlen dafür richtig gutes Geld (die Preise im Club haben es in sich, ebenso die unangemessene Wartezeit), um sich in der schwülheißen Enge von unfreundlichem, arrogantem Personal bedienen zu lassen.

In diesem Fall bleibt der Mensch für mich ein ungelöstes Rätsel … Ich lasse den Besuch im Club mehr oder weniger über mich ergehen, er zieht wie ein irrealer Film an mir vorüber und ich bin froh, dass die Show nach zwei Stunden vorbei ist und ich von meiner viel zu hohen Körperspannung endlich etwas aufgeben kann.

„The Strand"

Nachdem wir einer unfreiwilligen Komik im „Club 55" mit knapper Not entkommen sind, soll es zum Abendessen schon wieder in ein mondänes Restaurant gehen, zu Lauri. Das Restaurant nennt sich, wie sinnig, „The Strand". Ein apartes Restaurant auf einer Anhöhe von Saint-Tropez, der Rue du Petit Ball. Große Platanen sorgen im Restaurantgarten für Schatten sowie ein einladendes Ambiente. Auch hier gibt es eine Art Warteliste für die Reservierungen, die wiederum in ein Drei-Schichten-System eingeteilt sind. Die ersten Reservierungen werden für 18 bis 20 Uhr entgegengenommen. Anschließend kann man von 20 bis 22 Uhr essen, und wer ab 22 Uhr bucht, darf bleiben bis zum Schluss, sprich ca. 24 Uhr und länger. Wer zu dieser Buchungskategorie gehört, ist ganz etwas Besonderes! Und man muss besonders und wichtig sein, um nach ein paar Tagen Wartezeit bereits einen Tisch reservieren zu können. Natürlich hatten Bo und Frederik für uns vier einen Tisch klargemacht. Sie kennen die Geschäftsführerin Lauri und wollen uns die junge Dame unbedingt vorstellen. Die beiden sind ziemlich aufgeregt, ob das auch alles klappt. Lauri ist scheinbar eine besonders wichtige Person im Nachtleben von Saint-Tropez, wie Bo und Frederik immer wieder betonen. Ich bin erstaunt: Wieso gibt es in Saint-Tropez so viele wichtige Personen? Wonach richtet sich diese Wichtigkeit?

Wer bestimmt das eigentlich? Und wozu ist es wichtig, dass man wichtig ist? Wieso gehöre ich scheinbar nicht dazu? Schließlich bin ich doch in Begleitung meines Mannes über 1000 Kilometer angereist, um diese beiden Freunde hier zu treffen. Und die werden nicht müde, uns nonstop fremde Leute zu zeigen, die Very Important Persons sind. Habe ich etwas falsch verstanden? Oder gar etwas falsch gemacht? Ich bekomme richtig schlechte Laune, lasse mir die aber nicht anmerken, will wie immer kein Spielverderber sein und tappe brav mit in Richtung Restaurant. Raune oooh ... uuuh ... und aaah ... und täusche Begeisterung vor. Die Menschen der Essensschicht zwei, die vor uns gebucht hatten, haben die zugeteilte Essenszeit scheinbar überzogen. Die Gruppe von sechs Personen verlässt nun aber nach einigen Aufforderungen und zu uns hindeutenden Signalen des Personals das Lokal. Wir und einige andere warten artig draußen, um nach einer Handbewegungs-Einlassgeste durch den Restaurantchef das Lokal zu durchqueren, um dann zur zuständigen Bedienung vorzudringen. Und nun passiert das Unvorhersehbare, der Eklat: Man hat es vermasselt. Das Restaurantpersonal hat die Buchung verschludert. Der hübsche und gerade frei gewordene Sechsertisch in der ersten Reihe ist gar nicht für uns. Lauri, die hübsche Chefin, ist nicht anwesend. Sie hat ihren freien Tag. Und wir haben keinen Tisch im Esslokal. Na, so was ... alle Wichtigkeit auf allen Seiten der Beteiligten hat nichts genutzt, hier einen Sitzplatz zu bekommen. Ich bin mehr als amüsiert, lasse mir aber auch das nicht wirklich anmerken und tue jetzt mitfühlend betroffen ... ooh ... und aah. Nun ist „The Strand" ja angeblich ein hochkarätiges Restaurant und nach einer gefühlten Zehntelsekunde des Zweifels meinerseits wird diese Hochkarätigkeit und Professionalität sichtbar. Wichtig hin, wichtig her, das spielt in diesem Moment scheinbar keine Rolle. Das Personal reagiert ob des vermutlich eigenen Fehlers bei der Buchung hoch kompetent, ausgesprochen freundlich und verbindlich …

Zauberhafte junge Damen, hübsch verpackt in auffallend wenig Stretchstoff, schleppen Stühle, schieben einen Tisch. Sie bereiten in unaufgeregter Handhabung in Kürze einen Tisch für uns vier und decken ihn mit bestem Stoff, Geschirr und Kristall ein. Wir dürfen uns, nach fünf Minuten Wartezeit an der hauseigenen Restauranttheke sowie einem hauseigenen Aperitif mit frischer Gurke, selbstverständlich auf Kosten des Hauses, setzen. Ich bin begeistert, lasse mir aber auch das nicht anmerken. Mein Saint-Tropez-Credo heißt immer noch: Cool sein, cool bleiben, und davon lasse ich mich nicht mehr abbringen. Die kleine Bo hingegen ist maßlos enttäuscht, denn der uns nun eilig zugeteilte Tisch steht nicht an der richtigen Stelle des Restaurants. Von Fred bekommt er prompt den Namen „Katzentisch". Ein wenig kann ich die Unzufriedenheit der beiden sogar verstehen, denn Bo sitzt mit ihrem Blütenhaarkränzchen, das sie zum Schmuck auf ihr noch vom Mittag im „Club 55" durch Sprühnebel geglättetes Seidenhaar gesteckt hat, um den Mangel auf dem Kopf zu kaschieren, unter einer Dekopalme aus Plastik, die ein Vorratsregal neben ihr verstecken soll. Hinter ihrem Rücken und dem vierten ihrer Stuhlbeine führt eine steile Treppe hinunter in die Restaurantküche. So ist der Brummhase stets gefährdet, mit einem Bein des Stuhls abzurutschen und rücklings die Treppe hinunter, direkt in die Küche zu stürzen oder durch das Plastikpalmenblatt, was sich, angefacht durch den Deckenventilator, alle drei Sekunden auf ihren Hinterkopf senkt, ihren Rosenhaarkranz zu verlieren, weil der sich nach vorn zuerst über die Augen und anschließend über die winzige Nase schiebt und sie dann mit dem Esslöffel den Mund nicht mehr findet. Denn eine ganz besondere Rose vorn in der Mitte des Kränzchens ist so groß wie eine Grubenlampe auf der Stirn eines Bergmanns, und die macht den Eindruck, als wäre sie jederzeit nach vorn abrutschbereit. Ich muss mich nun doch zusammenreißen, damit ich keinen Lachanfall bekomme.

Die beiden Wichtigen, Brummhase und Schneemüller, und dann am Katzentisch mit Grubenlampenkranz. Bo ist mehr als unzufrieden mit dem Platz. Die Mundwinkel senken sich, die Gesichtszüge werden starr, nicht nur wegen der ständigen Botox-Unterspritzungen. Wir sind natürlich hilfsbereit und verrücken und verschieben den Tisch noch einmal. So wird es wenigstens etwas besser. Das vierte Stuhlbein bekommt Bodenhaftung, und das macht die Situation für mich als Beobachter etwas entspannter, denn einen Kopfüberunfall hätte ich, trotz aller Lästerei, doch wirklich nicht haben wollen. Was wäre dann mit dem hübschen Rosendiadem auf Ingeborgs Kopf passiert? Nicht auszudenken! Ganz zu schweigen mit Bo selbst … nein, trotz allem aufgesetzten Schickgetue der beiden, ich möchte nicht, dass den Schnuckelhasen etwas zustößt, dazu habe ich sie in der Tiefe meines Herzens doch zu lieb. Da wir zu der letzten Buchungskategorie, ab 22 Uhr, gehören, verbringen wir ganze drei Stunden im „Strand" und vertreiben uns die Zeit mit einer köstlichen Kartoffelsuppe mit Trüffeln, ein wenig gebratenem Fisch und Salat und zum Schluss einer Crème brûlée mit frischen Beeren.

Aber bevor sich auch dieser Abend dem Ende zuneigt, läuft zu allem Überfluss noch eine schwangere Ratte über uns hinweg und hangelt sich über das ausladende Astwerk der Platanen hinüber zum Nachbarhaus. Vermutlich hat auch sie die Vorzüge des Restaurants auf ihre ganz spezielle Weise entdeckt. Genaueres mag ich mir gar nicht vorstellen … Also, auch das ist Saint-Tropez … Nach nur noch einer Nacht im wunderschönen „Les Capucines" kann ich dann endlich alles zurück in den Koffer werfen und es geht wieder heimwärts … Juhu!

Aller Staus, Hitze und Strapazen zum Trotz: Wir haben vier außergewöhnliche Tage mit Ingeborg und Frederik verbracht. Wir haben Dinge gesehen und Lokalitäten aufgesucht, die Tillmann und ich allein nie besucht hätten.

Lediglich einen Besuch des verrückten Etablissements „Villa Romana", 1 Chemin des Conquêtes, konnten wir abwenden. Mir während des Essens und bei lauter Musik alberne Kappen auf den Kopf setzen zu lassen und nackte wippende Brüste fremder Showgirls beim Dessert zu bestaunen, ist nun, bei aller Liebe, nicht meine Lebensart. Alles in allem waren es, trotz oder gerade wegen des Auslassens besagter Villa, vier abenteuerliche und aufregende Tage, und ich bin, da ich sie ja nun überstanden habe, ein klein wenig begeistert von mir und meinem Durchhaltevermögen. Tief in meinem Inneren verneige ich mich vor den beiden Freunden, dass sie all diese Abenteuer für uns so originell und fast professionell organisiert haben.

Die Rückfahrt

Die fehlende Klimaanlage im „Capucines" hat meine
Nachtruhe, genau wie die drei vorherigen Nächte auch, leicht
gestört. Die aufregende Zeit mit Bo und Frederik haben auch
nicht zu erholsamem Schlaf beigetragen. So starte ich am Tag
der Abreise etwas übermüdet und schleppe mich und meinen
Koffer zum Cabrio. Erst zehn Uhr morgens und das
Thermometer zeigt schon wieder 30 Grad. Menschenskinder,
es wird nun aber auch Zeit, dass ich endlich wieder nach
Hause komme. Wie vor jedem Start mit dem Cabrio öffnet
Tillmann gleich wieder das Dach. Mein Augenrollen übersieht
er und brabbelt mich mit kleinen Geschichten der Region zur
Ablenkung voll. Mal schauen, wie lange ich die Enge auf den
überfüllten Straßen, den Lärm und die Sonne auf meinem
Kopf ertrage. Ich beginne mir, natürlich in Gedanken, gut
zuzureden, schließlich ist es ja die Reise zurück nach Hause,
das werde ich schon vertragen. Noch ein paar Kilometer
weiter und es wird sicherlich gleich besser mit der drückenden
Wärme. Über Sainte-Maxime fahren wir die Küstenstraße
entlang nach Saint-Raphaël und dann in Richtung Fréjus.
Aber Petrus hat anderes vor … denn das Thermometer quält
sich im Lauf der nächsten Stunde, also um elf Uhr, widerwillig
auf feucht-schwüle 34,5 Grad. Zu der Zeit ahne ich nicht, dass
das noch nicht das Ende der Fahnenstange ist, da geht noch
mehr. Durch das Landesinnere soll es über Aix-en-Provence
und Orange immer weiter bis Lyon gehen.
Es ist nun 15 Uhr und wir müssen kurz nach Orange eine Rast
einlegen. Das hat unterschiedliche Gründe, einer davon ist der
Besuch des WC.
Inzwischen misst das Thermometer 39 Grad, im Schatten
wohlgemerkt. Der Weg aus dem Auto bis zum Inneren der
Raststätte, in der es so etwas gibt wie eine Klimaanlage, wird
wie eine kleine Flucht von Klimaanlage des Autos zu
Klimaanlage der Raststätte. Vermutlich lächerliche 20 Meter
Distanz werden zu einer Kurzsauna. Die Luft riecht nach dem

verdunstenden Harz der Pinien, die Grillen zirpen ohne Unterlass, der Asphalt beginnt zu schmelzen und geht mit den abgeworfenen trockenen Piniennadeln eine Verbindung ein. Die vielen gestresst brabbelnden Besucher lassen den Aufenthalt in der Raststätte nicht wirklich entspannter werden. Nach einem kurzen WC-Besuch, zwei Cappuccini to go sowie einer großen Flasche Wasser soll die Fahrt flott weitergehen. Doch das entpuppt sich direkt als Irrtum, denn in Frankreich ist das Ende der Schulferien angebrochen und auch die Einheimischen sind zahlreich mit ihren Autos auf dem Heimweg unterwegs. Oh Mann … gerade von der Raststätte abgefahren, geht es direkt erneut in den Stau. Die Hitze umklammert mich inzwischen wie ein zu eng geratener Wetsuit. 40 Grad, ich kann nicht mehr klar denken … Das geschlossene Cabriodach über mir ist heiß wie ein Backblech nach dem Erstellen eines Tortenbodens. Wie lange hält dieses kleine Auto noch durch, das bei voller Sonneneinstrahlung und seit mindestens fünf Stunden Betriebsmodus, ohne den kühlenden Fahrtwind, uns und den Motor auf vernünftiger Temperatur halten muss? Was ist, wenn die Klimaanlage ihren Geist aufgibt? Ich bin wie ein Pferd, ich habe den Instinkt eines Fluchttiers. Bei Stress meldet sich dieser, ich muss mich dann eigentlich bewegen, am besten laufen, das ist in einem Zweisitzer-PKW nicht wirklich möglich. In meiner Not erinnere ich mich erneut an meine Yogapraxis … die Atmung ist der Stresskontrolleur. Langsam und bewusst bis vier einatmen und wieder genauso langsam bis vier ausatmen … Ich werde ruhiger und beruhige mich noch mehr, indem ich bis vier einatme und dann bis sechs ausatme.
Puh … geschafft … ich bin einigermaßen stressfrei und gerate nicht in Panik. Wir hangeln uns von Stau zu Stau, werden immer wieder abgeleitet, umgeleitet und schließlich wieder aufgeleitet auf die Autobahn. Die französische A 7, die Autoroute du Soleil, auch Sonnenautobahn genannt, macht ihrem Namen hier alle Ehre und wechselt mit der N 7.

Hätte ich das mit dem Namen vorher geahnt, hätte ich eine andere Bahn ausgewählt. Die teilweise hübsch anmutenden französischen Dörfer, die wir auf den Umleitungen durchfahren, kann ich überhaupt nicht genießen, es ist einfach zu warm. Außerdem ist auch die Umleitungsstrecke krachend voll und wir kommen so schleichend voran, dass es zu Fuß vermutlich schneller ginge. An einer Tankstelle erblicke ich einen Handwerker in voller Montur ... Wie macht der das? Hat er Kühlpacks in der Hose?

Wir sind nun inzwischen auf Frankreichs A 6. Nach wie vor geht es schleppend voran, und Tillmann und ich bemühen uns, die Stimmung positiv zu halten. Gegen 19 Uhr erreichen wir Lyon, noch immer sind es 36 Grad ... Ich habe keinen Bock mehr, ich will sofort nach Hause!

Um zehn Uhr morgens sind wir frohgemut in Saint-Tropez gestartet und seitdem unterwegs, mir reicht's.

Tillmann, der fast durchgehend gefahren ist, weil er meint, dass ihm das so viel Spaß macht, hat keine Lust auf eine Nonstop-Tour nach Hause. Und ich habe keine Lust, nur noch einen Tag länger in Frankreich zu bleiben. Ich will in meinen heimischen Sprachraum. Plötzlich erinnert sich Till an ein Hotel im Schwarzwald. Es gibt ein „Steigenberger Hotel" in Freudenstadt. Davon hatte ihm sein Freund Brummi, eigentlich Sven, erzählt. Vor einigen Jahren hatte der dort einen Kongress besucht. Steigenberger ist gut, das nehmen wir, beschließt Till. Der Wunsch nach Ruhe und endlich ankommen war vermutlich die Ursache für diesen spontanen Entschluss. Er telefoniert vom Auto aus, und ruck, zuck! – das Zimmer ist gebucht. Zwei Übernachtungen mit Frühstück im romantischen Schwarzwald. Mit diesem realistischen Ziel vor Augen – Lyon–Freudenstadt, ungefähr 540 Kilometer Entfernung – fährt es sich gleich sehr viel besser. Die Laune hebt sich bei uns beiden ein wenig an. Etwa 200 Kilometer nordöstlich von Lyon wird die Landschaft auch endlich wieder grüner. Weniger Zypressen, mehr Laubbäume. Das und die

Tatsache, dass es nun bereits 21.30 Uhr und die Sonne im Untergang begriffen ist, machen auch die Temperatur erträglicher. Außergewöhnlich viele Wildbrücken überziehen die Autobahn, und die Fahrt geht, seitdem wir Lyon passiert haben, auch voran. Bei der telefonischen Buchung des Zimmers im Steigenberger hatte uns die Rezeptionistin gesagt, sie sei bis 22 Uhr vor Ort, um uns unser Zimmer zu übergeben. Ich war zwar etwas verwundert, dass ein so renommiertes Hotel wie das „Steigenberger" keinen Rund-um-die-Uhr-Rezeptionsdienst hat, aber nun ja … es wird schon alles seine Richtigkeit haben. 21.45 Uhr, wir stellen fest, dass wir es bis 22 Uhr auf keinen Fall schaffen können, wir sind erst bei Mühlhausen. Was nun? Die freundliche, unkonventionelle Empfangsmitarbeiterin macht uns, nach Rücksprache mit ihrer Chefin, der Hoteldirektorin persönlich, einen außergewöhnlichen Vorschlag: Sie hinterlegt einen Schlüssel für uns unter einem großen Stein am Hintereingang des Hotels. Das finde ich einerseits famos, andererseits befremdlich angesichts der Hotelkategorie. Egal, wir fahren munter weiter, ich will mein Haupt in Kürze auf ein frisch bezogenes Kopfkissen betten und meine nicht allzu langen Beine ausstrecken. Und so kommen wir nachts um zwei Uhr nach ausgiebiger Fahrt auf den Kreisstraßen des Schwarzwalds durch kleinste Dörfer und erreichen nach viel Berg-und-Tal-Fahrt das Hotelresort „Freudenstadt".

Es heißt zwar nicht „Steigenberger", aber es sieht so aus, wie Brummi es beschrieben hat. Direkt am Ortsrand von Freudenstadt und fast mitten im Wald gelegen, kommt mir das Hotel wie das Gruselhaus aus dem Film „Shining", mit Jack Nicholson, vor. Wäre ich durch die lange Fahrt nicht so schachmatt gewesen und hätte ich nicht meinen großen starken Mann an meiner Seite gehabt, wäre ich vermutlich sofort wieder ins Auto gesprungen und direkt abgehauen bzw. gar nicht erst ausgestiegen. Wir stellen also unser Auto unter einer Außenlaterne ab, nahe des beschriebenen

Schlüsselverstecks. Tillmann geht los, ich folge ihm mit stockendem Atem und zögerlichem Schritt, mir ist das hier ziemlich unheimlich. Während mein Mann suchend um sich schaut, bücke ich mich zu dem großen Stein, direkt neben der Hintereingangstür, unter dem unser Schlüssel liegen soll. Da öffnet sich hinter uns mit knarrendem Geräusch eine schwere Brandschutztür, die von außen in die Tiefgarage führt oder umgekehrt, denn in diesem Fall führte sie aus der Tiefgarage heraus ... Vor uns steht eine recht große Person im karierten Hemd, mit raspelkurzen Haaren und kräftiger Statur. An ihrer linken Hand hängt eine Leine und daran ein schlecht gelaunter Dobermann mit Stachelhalsband und Maulkorb.

Um 2.15 Uhr nachts empfängt uns dieser junge Mann, der sich nach und nach auf Grund der recht hohen Stimmlage als Frau entpuppt. Meine noch immer vorherrschende Unsicherheit in Bezug auf den gewählten Übernachtungsort vertreibt diese rustikale Person mit einer gewissen charmanten Freundlichkeit. Völlig unkonventionell überlässt sie uns Schlüssel und Zimmer. Komplett einchecken sowie die üblichen Formulare ausfüllen dürfen wir am nächsten Morgen. Wir sollten uns doch nun erst einmal ausruhen nach der langen Fahrt. Sie wünscht uns eine gute Nacht und zieht mitsamt dem Raubtier fort. Der Hund muss noch mal in den Wald. Ich bin verblüfft, sprachlos und alles, was man sich nur denken kann in dieser ungewöhnlichen Situation. Schon allein die Tatsache, dass diese Person sich mitten in der Nacht in einer Art Nirgendwo in einen dunklen Wald begibt, lässt mich mit einer Art Schnappatmung zurück. Zu dieser Zeit ahnen wir noch nicht, dass die rustikale Dame im Kurzarmhemd mit Rautenmuster und dunkler grober Jeans die Hoteldirektorin persönlich ist. Mit unseren Trolley-Koffern rattern wir über lange leere Flure, durch ein halbdunkles Treppenhaus, stolpern zwei Stockwerke hinauf und landen in einer Junior-Suite oder dem, was noch davon übrig geblieben ist. Billiges Holzfurnier auf Pressspan leuchtet uns im Dunkeln entgegen.

Da, wo man eigentlich eine Minibar erwartet, öffnet sich lediglich ein Sperrholzhohlraum. Die Wanddekoration sieht aus, als hätte sie der Bastelkurs der regionalen Waldorfschule, Klasse 5 b, erstellt. Künstliches Efeu mit Plastikstielen rankt staubig hinter dem Badezimmerspiegel hervor. Da es jetzt inzwischen 2.55 Uhr nachts ist, entschließe ich mich, nach einer ganz kurzen Dusche, das Bett aufzusuchen, die Äugelein zu schließen und auf morgen zu hoffen.

Ich habe wunderbar geschlafen, denn im Schwarzwald herrschten kühle 18 Grad in der Nacht und es fällt ein leichter Sommerregen. Ganz wunderbar! Durch die Balkontür können wir einen kleinen Teil des schönen Schwarzwalds betrachten, und bevor wir uns aus dem Bett schälen, genießen wir jeden der Regentropfen, die an den Fichten hinunterrinnen. Bis 10.30 Uhr wird Frühstück serviert, da müssen wir uns nun langsam sputen. Schnell die Treppe hinunter, denn es ist 9.55 Uhr. Punkt zehn Uhr kommen wir in der Frühstückshalle an … und erleben ein komplettes Kontrastprogramm zu Saint-Tropez. Nicht nur das Wetter ist ein total anderes, nein, auch die Atmosphäre in dem Hotel sowie im Frühstücksraum ähnelt einem Bootcamp für schwer erziehbare Jugendliche. Ein riesiger Raum, vergleichbar einer alten Bahnhofshalle, dunkle Holzvertäflung, männliche Gäste in karierten Halbarmhemden, weit und breit weder Schick noch Charme noch Eleganz. Das nenne ich eine komplette Veränderung, fast ein Kulturschock. Was für ein Unterschied zu den Designerroben der Côte d'Azur … unglaublich! Nun kann ich meinem Mann nicht schon wieder die Ohren vollbrummen und darum bitten, nach Hause zu fahren, und so entschließe ich mich dazu, ihn zu einer Sightseeing-Tour durch die Freudenstädter Region zu überreden. Und so machen wir es. Nach einem billigen Frühstück mit einer Art Gummikäse, Labberbrötchen und lauwarmem Filterkaffee startet Tillmann unser kleines tapferes Auto und es geht in Richtung B 500, die

Schwarzwaldhochstraße nach Baden-Baden. Ein Traum, was es hier alles zu sehen gibt. Durch den sanften Nieselregen, der im Moment fällt, sehen wir tief ziehende Nebelschwaden, und immer wieder einmal öffnet sich, wie ein Sichttunnel, der Nebelschleier und wir bekommen einen Blick in die Tiefe der Schluchten neben der Straße.

Als wir den Mummelsee, ein kleines Teich-Gewässer direkt an der Hochstraße, passieren, klart der Himmel ein wenig auf und wir erlauben uns einen kurzen Spaziergang an diesem mystischen See. Wie hier kleine Elfen-, Feen- und Seeungeheuer-Geschichten entstanden sind, vermag ich mir bei dieser Wetterlage sehr gut vorzustellen. Auch über den See zieht ein undurchsichtiger Nebelschleier hinweg, der mit etwas Fantasie einem Zauber gleicht.

Nachdem wir uns kurz die Beine vertreten haben, geht die Kurzreise weiter in Richtung Baden-Baden. Wir folgen der B 500 und ich bemerke, dass nicht nur das Gebiet um Bad Gandersheim herum provinziell ist, auch der Schwarzwald hat an dieser Stelle etwas ziemlich spießig Provinzielles. Nach ungefähr einer Stunde weiterer Fahrzeit erreichen wir Baden-Baden. Ich liebe den Charme dieser leicht verstaubten alten Bäderstadt. Alte Villen und herrschaftliche Bauten lassen auf bessere Zeiten schließen, auf Zeiten, als sich der Adel, mindestens der Geldadel, in Baden-Baden zur Kur traf, die Spielbank besuchte oder einfach nur die Kaffeehäuser bevölkerte. Ganz so mondän geht es hier heute nicht mehr zu. Auch hier sind die Filialisten, die inzwischen in jeder Stadt etabliert sind, im Stadtzentrum angekommen, auch hier lassen Leerstände auf einstigen Einzelhandel schließen, und doch ist Baden-Baden eine wunderschöne Stadt mit viel Flair und sehr viel landschaftlicher Schönheit. Der ausgiebige Ausflug in die Kurstadt des Schwarzwaldes ist nicht nur eine willkommene Abwechslung zu unserem Bootcamp-Hotel in Freudenstadt, sondern auch ein wunderbarer Abschluss unserer Reise. Der Kurpark mit Wandelhalle, die zauberhafte Innenstadt mit dem

Fabergé Museum, das Casino und vieles mehr machen einen Ausflug in diese ehrwürdige Bäderstadt lohnenswert.

Nach noch einer Nacht im Hotelresort Freudenstadt geht es auch direkt nach Hause. Zarter Sonnenschein begleitet uns dabei.

Endlich wieder im eigenen Heim angekommen, schlafe ich elf Stunden nonstop und benötige insgesamt eine Woche Regenerationszeit, ohne Kontakt zur Außenwelt.

Danach bin ich wieder ganz die Alte.

Aber ich glaube, ich muss doch noch einmal nach Saint-Tropez … Es ist einfach wunderbar! Und die zahlreichen intensiven Erlebnisse haben sich mir positiv eingebrannt.

Wir vier, Ingeborg, Frederik, Tillmann und ich, sind uns durch unsere gemeinsame Reise mental näher gerückt und fast könnte man sagen: „richtige Freunde" geworden! Ich habe begriffen, was es heißt, jedes Jahr an den gleichen Ort zu reisen: Er wird ein Stück Heimat. Die Landschaft, das Klima, die Lebensart, die netten, lebensfrohen Südfranzosen mit ihrem wunderbaren Akzent und ihrer Gastfreundschaft, all das ist der Grund dafür, jedes Jahr von Neuem seine Koffer zu packen und auf die Reise zu gehen. Da nimmt man vielleicht sogar die Regenerationszeit in Kauf!

Ein kurzes Wort zum Schluss:
Möchtest du einmal Saint-Tropez besuchen und es von seiner liebenswertesten Seite kennenlernen ... so ursprünglich, wie es eben noch geht? Dann empfehle ich dir die kleine Bar „Le Gorille", 1 Quai Suffren. Hier treffen sich Einheimische und all die anderen. Hier gibt es wenig Schickimicki, sondern viel vom natürlichen südfranzösischen Charme. Und du hast einen tollen Blick auf den extravaganten Jachthafen, wo die teuersten Privatschiffe der Welt liegen und kapriziöse Besitzer oder Charterer ein luxuriöses Schauspiel für die Touristen sowie für die Bewohner bieten.
Oder du besuchst eines der kleinen süßen Restaurants in der Altstadt. Auch hier ist noch etwas vom charmanten Saint-Tropez übrig. Last but not least gibt es diese leichte entspannte Art auch in den kleinen Bistros und Bars rund um den Place des Lices herum ...

Herstellung und Verlag:
BoD – Books on Demand, Norderstedt
ISBN: 978-3-7481-6589-7